운룡쟁천

조돈형 新무협 판타지 소설
FANTASTIC ORIENTAL HEROES

운룡쟁천 6
조돈형 新무협 판타지 소설

초판 1쇄 찍은 날 § 2010년 3월 24일
초판 1쇄 펴낸 날 § 2010년 3월 31일

지은이 § 조돈형
펴낸이 § 서경석

편집장 § 문혜영
편집책임 § 유경화
편집 § 조수희

펴낸곳 § 도서출판 청어람
등록번호 § 제1081-1-89호
등록일자 § 1999. 5. 31
어람번호 § 제2-1909호

주소 § 경기도 부천시 원미구 심곡동 163-2 서경B/D 3F (우) 420-010
전화 § 032-656-4452 팩스 § 032-656-4453
http://www.chungeoram.com
E-mail § chungeoram@chungeoram.com

ⓒ 조돈형, 2008

ISBN 978-89-251-2132-1 04810
ISBN 978-89-251-1372-2 (세트)

※ 파본은 구입하신 서점에서 교환하여 드립니다.
※ 저자와 협의하여 인지를 붙이지 않습니다.
※ 이 책은 도서출판 청어람과 저작자의 계약에 의해 출판된 것이므로,
  무단 전재 및 유포·공유를 금합니다.

운룡쟁전 6

조돈형 新무협 판타지 소설
ANTASTIC ORIENTAL HEROES

雲龍爭天

目次

제48장 반역(叛逆)의 끝	7
제49장 일보탈혼(一步奪魂)	39
제50장 남궁세가(南宮世家)	77
제51장 살수(殺手) 대 살수(殺手)	105
제52장 서전(緒戰)	131
제53장 독인(毒人)의 출현(出現)	157
제54장 혼전(混戰)	191
제55장 사황(邪皇)	229
제56장 죽림(竹林)	275

第四十八章

반역(叛逆)의 끝

　분위기는 더없이 비통했다.
　실종되었던 당송, 당초성 등이 좌운각에서 암흑마교의 정예와 치열하게 싸우다 폭사했다는 비보가 전해진 후 다급히 열린 회의였기 때문이다.
　"꼭 절차를 따지고 싶은 마음은 없지만 그래도 팔대장로님의 추인이 있어야……."
　말끝을 흐리는 당견의 말에 장서각주 당숭이 답답하다는 표정으로 대꾸를 했다.
　"몇 번을 말씀드렸지만 우선 급한 것은 세가의 힘을 하나로 모으는 것이고, 초성이 놈들에게 당한 이상 대안은 유조뿐입니다. 그간 보여준 활약이라면 부족하나마 충분히 구심점 역할을 할 수 있다고 봅니다."

"그래도 가주께서 살아 계시고 건아도 있지 않은가?"

"평소라면 몰라도 지금처럼 비상시국에서 고작 열 살짜리 아이에게 세가를 맡길 수는 없는 노릇입니다. 그리고 유조가 완전히 가주 직을 승계하는 것도 아니지 않습니까? 비록 병석이지만 가주께서 살아 계신데 그럴 수는 없지요. 어디까지나 임시일 뿐입니다."

"임시라……."

그럴 가능성이 전혀 없다는 것을 알면서도 당견은 물러서지 않을 수가 없었다. 딱히 대안이 없기 때문이었다.

당견이 수긍을 하는 듯하자 집법당주 당참이 좌중을 둘러보며 물었다.

"혹여 다른 의견을 지닌 분이 계십니까?"

당견이 물러선 순간 대세는 이미 기울었다. 더 이상의 반대는 의미가 없었다.

별다른 의견이 없는 듯하자 당참이 곧바로 말을 이었다.

"하면 이 시간부로 유조가 세가의 임시 가주 직을 이어받는 것으로 하겠습니다. 기한은 적을 물리치고 현 가주께서 건강을 찾으실 때까지로 하겠습니다."

'드디어.'

오랜 염원이 이루어지는 순간, 당승, 아니, 조일곤은 벅차

오르는 희열감을 애써 감추며 지그시 눈을 감았다.
바로 그때였다.
"누구 마음대로?"
회의실의 문을 벌컥 열고 들어서는 사람이 있었다.
세가의 중대사를 결정하는 엄숙한 자리에 누가 감히 무례하게 난입을 한단 말인가.
잔뜩 불쾌한 표정으로 돌아보는 이들은 곧 허리를 꼿꼿이 세우고 당당하게 걸음을 옮기는 당송을 보며 경악을 금치 못했다.
"어, 어르신!"
벌떡 일어난 당참은 도저히 믿어지지 않는다는 얼굴이었다.
그를 일별한 뒤, 좌중을 둘러보는 당송의 얼굴엔 서릿발이 날리고 있었다.
"누가 감히 세가의 가주를 뽑는다는 말이냐? 아니, 대체 어느 놈이 가주의 자격이 있다는 것이냐?"
당송의 말에 다들 꿀 먹은 벙어리가 되었다.
암흑마교의 공격으로 폭사를 당한 것으로 알고 있던 당송의 등장은 그만큼 충격을 준 것이었다.
"그, 그게 아니오라… 한데 당숙께서 어찌 살아 계시는……."
얼떨결에 질문을 던지던 당견은 차갑게 쏘아보는 당송의

시선에 자신의 질문이 얼마나 무례한 것인지 깨닫고는 황급히 입을 다물었다.

"왜? 살아 있는 것이 불만이냐?"

"아, 아닙니다. 그럴 리가 있습니까?"

"아니면서 그따위 질문을 던져?"

"그, 그러니까 저는……."

당견이 대꾸를 하지 못하고 어물거리자 당송이 한심하다는 듯 혀를 찼다.

"네놈들이 이리 한심하니 이 같은 일이 일어나는 것이야."

꾸지람도 좋았다. 욕을 들어먹어도 좋았다.

칼날 같은 기세를 뿜어내는 당송의 모습에 사람들은 비로소 그의 생환을 의식하곤 감격에 겨워했다.

"저흰 당숙께서 돌아가신 줄 알고……."

당견의 눈에 눈물이 비쳤다.

"죽긴 누가 죽었단 말이냐? 멍청한 놈들 같으니."

퉁명스레 내뱉기는 했어도 당송의 눈가엔 따뜻함이 깃들어 있었다. 물론 그의 시선이 당승을 향했을 땐 언제 그랬냐는 듯 사라져 있었지만.

"여기까지다."

"……."

"네놈이 꾸민… 아니, 일단 그 면구부터 치워라. 네놈 따위가 하고 있을 얼굴이 아니다."

"뭐, 그러지요."

변명을 하든지 도망칠 궁리를 하리라는 예상과는 달리 당승은 천천히 인피면구를 제거했다. 뻔뻔함까지 느껴지는 당당함에 당송이 어이가 없다는 표정을 지었다.

당승의 인피면구가 벗겨지고 실종된 것으로 알려진 조일곤의 얼굴이 드러나자 사람들은 경악을 금치 못했다.

"의, 의선당주가 아닌가?"

당견이 떨리는 음성으로 물었지만 조일곤은 비릿한 미소를 지으며 당송을 쏘아볼 뿐이었다.

"이제 되었습니까?"

"뻔뻔한 것이냐, 아니면 포기한 것이냐?"

"둘 다라고 해두지요. 그렇다고 완전히 끝난 것은 아닙니다."

"끝나지 않았다? 뭐가 끝나지 않았다는 말이냐? 네놈의 정체는 이미 만천하에 드러났다. 암흑마교의 간자! 감히 본가에 잠입을 해 식솔들을 중독시킨 것도 모자라 허수아비 가주를 세워놓고 본가를 집어삼킬 야욕까지 부리다니, 그러고도 네놈이 살아남을 성싶으냐?"

당송은 노기를 참지 못하고 입술을 부들부들 떨었다.

"수, 숙부님, 암흑마교의 간자라니요? 그, 그게 무슨 뜻입니까?"

당참이 전신을 옭아매는 한기에 몸을 떨며 물었다.

"귓구멍에 말뚝이라도 박은 것이냐? 듣고도 몰라? 지금껏 본가에 일어난 모든 일은 저놈이 꾸민 일이란 말이다. 식솔들을 중독시키고 암흑마교 놈들로 하여금 본가를 공격하게 만든 모든 일이 말이다."

"세, 세상에."

"그럴 수가!"

단 한 명의 간자에 의해 당가가 농락을 당했다. 천하의 그 어떤 세력과도 어깨를 나란히 할 수 있다고 자부하던 당가가.

그 충격이 어찌나 컸던지 임시 가주를 뽑기 위해 모였던 이들은 화를 내지도 분노를 표출하지도 못했다. 그저 넋을 잃고 멍한 표정을 지을 뿐이었다.

그 모습에 가뜩이나 화가 나 있던 당송이 불같이 호통을 쳤다.

"뭣들 하느냐? 당장 저놈을 잡지 않고!"

그제야 퍼뜩 정신을 차린 사람들이 자신들을 농락한 조일곤을 향해 엄청난 살기를 뿌려댔지만 그는 조금도 당황하지 않았다.

"잊으신 게 있는 것 같습니다."

"뭐가 말이냐?"

"가주님을 비롯하여 아직도 많은 식솔들이 중독되어 있다는 것을 말이지요. 해독약이 없으면, 제가 없으면 그들은 모조리 죽습니다. 혹여 지금과 같은 일이 벌어질까 두려워하여……."

"쓰레기들을 붙여놨단 말이겠지요?"

조일곤의 말을 끊은 사람은 당초성이었다. 그의 뒤로 암흑마교의 공격으로 폭사했다고 알려진 당철, 당연 등이 모습을 보였다. 그간의 고초를 보여주듯 크고 작은 부상으로 인해 피곤에 찌든 모습이었으나 눈빛만큼은 그 어떤 때보다 살아 있었다.

"이따위 개잡놈들이 위협이 될 줄 알았소?"

당철이 게거품을 물고 있는 천소종과 양팔이 잘린 채 혼절한 곽운을 조일곤의 발아래에 집어 던졌다.

조일곤의 눈썹이 꿈틀거렸다.

수족과 같은 그들이 제압을 당했다는 것은 세가에 침입을 시켰거나 포섭한 모든 이들이 끝장났다는 것을 의미하기 때문이었다.

"재빠르군. 한데 독은 어찌할 셈이냐? 두어 가지 성분을 알아내었다고 해도 쉽게 해독할 수는 없을 텐데?"

"맥아로 만든 술에 옥향초, 유등……."

"그 정도로는 어림도 없다."

"설상사(雪上蛇)의 독, 묵령칠엽초(墨鈴七葉草), 혈홍섬여(血紅蟾蜍)… 더 말해야 합니까?"

당초성이 빈정거리듯 말하자 조일곤의 얼굴이 비로소 당황함으로 물들었다.

"그, 그것을 어찌?"

마노가 그의 처소에서 은밀히 해독법을 찾아냈다는 것을 알 리 없는 조일곤이 행여나 하는 심정으로 천소종 등을 바라보았으나 이내 고개를 흔들었다. 천소종이나 곽운이라 해도 일부를 제외하곤 그가 살포한 독의 성분을 제대로 알지는 못했다.

"참으로 대단하더이다. 그 많은 독물과 독초의 성분을 그토록 교묘하게 뒤섞다니, 본가의 어르신들이 속수무책으로 당한 것도 이해가 되더군요."

"요, 용케도 알아냈구나! 하, 하나 성분을 안다고 해서 해독을 할 수 있는 것은 아니다!"

조일곤이 발악하듯 외쳤으나 어딘지 모르게 자신이 없는 음성이었다.

"당가입니다."

당초성의 한마디에 조일곤의 안색이 딱딱하게 굳었다.

사천당가.

당가를 쥐락펴락했다는 흥분감에 잠시 잊고 있었으나 천하 모든 독의 조종이라 할 수 있는 곳이 바로 사천당가였다. 성분이 드러난 이상 해독약이 마련되는 것은 시간문제일 뿐이었다.

"으으으."

조일곤의 입에서 흐느끼는 듯한 신음이 흘러나왔다.

'모든 것이 이루어지는 순간이었는데…….'

평생을 다 바쳐 도모하고 안배한 모든 것이 성공을 눈앞에 두고 허무하게 무너져 버렸다. 그리고 이제는 자신의 안전까지 장담할 수 없는 상태. 물론 일을 시작하면서 목숨을 버릴 각오를 하기는 했어도 막상 눈앞에 위기가 닥치자 두려움이 밀려들었다.

어떻게든 살아남아야 한다는 본능이 그로 하여금 바로 옆에 멍한 눈으로 서 있는 당유조의 목덜미를 움켜쥐게 만들었다.

"움직이지 마라. 조금이라도 움직이면 이놈의 목숨은 없다. 내 말을… 컥!"

조일곤의 입에서 난데없는 비명이 터져 나왔다.

쩍 벌어진 입, 치켜뜬 눈이 그의 고통을 대변해 주고 있었다.

툭.

어깨에서부터 떨어져 나간 팔이 바닥에 떨어져 펄떡거렸다.

잘려진 어깨에서 뿜어져 나온 피가 주변을 붉게 물들였다.

조일곤이 당유조를 향해 손을 뻗는 순간, 그의 팔을 잘라 버린 도극성이 서늘한 시선으로 조일곤을 바라보았다.

"끝까지 비겁한 종자로군. 실패했으면 깨끗하게 끝내. 구질구질한 모습은 보이지 말고."

도극성의 말 한마디 한마디가 비수가 되어 조일곤의 가슴을 후벼 팠지만 그는 포기할 생각이 없었다.

조일곤이 조금도 주저함 없이 창문을 향해 몸을 날렸다.

깜짝 놀란 당견 등이 그를 잡기 위해 몸을 날렸으나 당초성 등의 표정엔 아무런 변화가 없었다.

그 이유는 곧 밝혀졌다.

"버러지 같은 놈!"

창문 밖에서 싸늘한 외침과 함께 둔탁한 소리가 들려왔다.

황급히 달려나온 이들은 당고후의 발밑에서 꿈틀거리고 있는 조일곤을 발견할 수 있었다.

"후~"

당가를 덮고 있던 모든 암운이 걷혔음에도 당초성의 입에선 더없이 무거운 한숨이 흘러나왔다.

천하의 그 어떤 문파, 세가에도 꿀릴 것이 없다고 자부했던 당가가 고작 한 사람 때문에 뿌리가 흔들릴 정도로 철저하게 농락당했다는 사실이 너무도 허탈했다. 그건 조일곤을 질질 끌고 가는 당참과 딱딱하게 굳은 얼굴로 그 모습을 바라보는 주변 모든 이들이 느끼는 공통적인 심정이었다.

* * *

"주인곤(朱麟坤)으로부터 연락이 왔습니다."

"그래?"

"형산파를 무너뜨렸다고 합니다."

"고작 형산 하나를 무너뜨리는 데 대체 얼마나 걸린 것이냐? 한심한."

하후천의 심드렁한 반응을 본 신산이 재빨리 말을 이었다.

"흑암전단(黑暗戰團)이 불패의 집단이기는 하나 형산파는 구파일방과 비견될 정도로 저력이 있는 곳입니다. 이해를 해 주시지요."

"이해는 무슨……."

흑암전단이 닷새 동안이나 형산파에 발목이 잡혀 있었다는 것이 영 못마땅했는지 하후천의 얼굴엔 노기가 가득했다.

"피해는 어느 정도나 된다고 하더냐?"

"상대가 상대인지라 제법 있는 모양입니다만 그리 심각하지는 않은 것 같습니다."

다소 막연한 대답에 짜증이 솟구쳤지만 그런 세세한 숫자놀음까지 하고 싶지 않았던 하후천은 곧 화제를 돌렸다.

"형산파는 그리 정리가 되었고… 하면 남은 것은 남궁세가뿐이더냐?"

"예, 남궁세가만 무너뜨린다면 호남은 본 교의 수중에 떨어지는 것이나 다름없고, 이는 곧 장강 이남에서 본 교에 대항하는 적은 사실상 없다고 봐도 무방하다는 것입니다."

그랬다.

수백 년 동안 음지에서 힘을 축적해 온 암흑마교의 힘은 실로 가공했다.

 암흑마교는 대붕금시로 인해 무림의 이목이 복우산에 쏠린 틈을 이용하여 천하를 삼분하고 있던 수라검문과 사도천을 일거에 쓸어버리더니 단 한 달 만에 복건, 절강, 강서를 석권했다.

 그사이 수백 개가 넘는 군소문파가 무너지고 굴복했다.

 항복을 한 문파에겐 목숨을 보장하는 대가로 철저한 굴종을 요구했으며 끝까지 대항을 한 문파는 피의 철퇴를 내렸다.

 대표적인 예가 강서의 맹주 모용세가와 호남의 형산파였다.

 외부의 지원이 끊긴 상태로 무려 열흘 동안이나 혈전을 벌인 모용세가는 가주를 포함하여 오백여 식솔들이 모조리 목숨을 잃는 바람에 모용세가 사백 년 전통의 맥이 완전히 끊겨 버렸다.

 형산파의 피해 역시 치명적이어서 문주 이하 삼백사십칠 명의 제자들이 목숨을 잃었으며, 탈출에 성공한 사람은 고작 십여 명에 불과했는데 그나마 다행이라면 현 문주의 직전제자가 살아남아 문파의 명맥을 이어갈 수 있다는 것이었다.

 어쨌건 남궁세가와 더불어 호남의 양대 거두라는 형산파를 무너뜨리면서 암흑마교는 호남을 석권, 나아가 장강 이남의 완전한 석권을 눈앞에 둔 상태였다.

"장강 이남이라……. 대항이 만만치 않겠군."

"본 교와 적대하는 문파와 세가들이 모조리 남궁세가로 몰려들고 있고, 대정련에서도 상당한 수의 무인들이 남하하는 것이 파악되었습니다."

"대정련까지? 놈들도 급하긴 급했던 모양이군."

하후천이 코웃음을 쳤다.

"특히 남궁세가와 남다른 인연이 있는 하북팽가, 산동악가의 움직임이 적극적입니다."

"호~ 나름 오대세가란 말이지."

"예. 전통적으로 유대감이 강했던 데다가 모용세가가 무너지는 것을 보며 꽤나 위기감을 느낀 듯합니다."

"내가 신경 써야 할 정도더냐?"

"흑검전단(黑劍戰團)을 움직였습니다. 그들 중 남궁세가에 도착할 수 있는 사람은 아무도 없을 것입니다."

신산의 자신감있는 대답에 만족을 느꼈는지 하후천의 입가에 미소가 지어졌다.

"좋은 생각이야."

"형산파를 무너뜨리고 남궁세가를 향해 서남진 중인 흑암전단에 흑영전단까지 힘을 보탠 이상 남궁세가를 무너뜨리는 것은 시간문제일 뿐입니다."

"고작 남궁세가 따위를 상대하는 데 너무 과하지 않을까?"

"남궁세가의 상징성을 생각해서라도 압도적인 힘의 차이

를 보여줄 필요가 있다고 봅니다."

"뭐, 상관없겠지. 날 실망시키는 일은 없겠지?"

"결단코 없습니다."

"좋아, 군사의 말을 믿지. 어떤 방법을 쓰든 알아서 하도록 해봐. 아, 그러고 보니 조금 전에 천외독조가 움직였다는 말을 들었다."

"예, 뿐만 아니라 백독곡도 함께 움직였습니다."

"백독곡이? 흠, 얼마 전부터 복수 어쩌고 떠들어대더니만 결국 당가를 치기로 결정한 모양이군. 하긴, 그 성격에 손자 놈의 죽음을 그냥 지나치지는 못하겠지."

그렇다고 피붙이와의 정이 돈독해서 그런 것은 아닐 것이다. 그저 독의 조종이라 스스로 자부하는 자신의 핏줄이 당했다는 것에 자존심이 상했으리라.

"복수가 맞지만 천외독조님은 당가가 아니라 남궁세가로 방향을 잡으셨습니다."

"남궁세가? 조금 의외로구나."

"원래는 당가를 치려고 하셨는데 남궁세가의 일이 급하다고 설득을 하였습니다."

"설득을 당할 사람이 아닐 텐데?"

깐깐하다 못해 괴팍한 천외독조의 성정을 떠올린 하후천은 신산이 그를 어떻게 설득했는지 궁금했다.

"별로 어렵지 않았습니다. 천외독조님의 손자가 목숨을 잃은 곳은 당가지만 결정적으로 그를 죽음으로 몰아간 자는 도극성이었습니다. 현재 남궁세가로 움직이는 당가의 식솔 중에 그가 끼어 있지요. 게다가 당가의 후계자인 당초성도 있습니다. 이쯤이면 성에 차지는 않더라도 충분히 방향을 선회하실 만하지요."

"도극성과 당초성… 일단은 맛보기란 말이로군. 결국 최종 목표는 당가겠고."

"예. 하지만 천외독조님께서 그들을 만나실 수 있을는지는 잘 모르겠습니다."

"무슨 뜻이냐?"

"숙살단주도 움직였습니다."

"숙살단주가?"

"예. 도극성이 당가와 함께 남궁세가로 움직이고 있다는 정보를 입수하고 교주님께서 내리신 명을 수행해야 한다며 직접 움직였습니다."

얼마 전 당가에서 꾸민 계획이 도극성에 의해 깨졌다는 것을 알게 된 후, 곁에 있던 숙살단주에게 던지듯 내뱉은 명, 아니, 탄식 섞인 말이 있었음을 기억한 하후천이 인상을 찌푸렸다.

"쯧쯧, 쓸데없는 것을 마음에 두고 있었구나. 그 녀석이라면 믿을 만하기는 하지만……."

말은 그리하면서도 그동안 도극성에 당한 이들의 면면이

결코 만만치 않기에 뭔가 찜찜한 표정이었다.

"숙살단주의 실력을 모르는 것은 아니지만 차라리 천외독조에게 맡기는 것이 낫지 않겠느냐?"

"혼자가 아닙니다. 숙살일대까지 데리고 갔으니 너무 걱정하지 마시지요."

"호, 숙살일대를 데리고 갔다는 말이더냐? 그 자존심 강한 놈이?"

하후천이 사뭇 의외라는 듯 되묻자 신산이 조용히 대꾸했다.

"그동안 도극성은 상당한 명성을 쌓았습니다. 허명이 아니라 누구라도 알아줄 만한 실력을 갖추었지요. 숙살단주 역시 놈의 실력을 인정한 것이라 생각합니다."

신산은 그 과정에서 천주의 명을 들먹이며 홀로 움직이겠다는 숙살단주의 반발을 억누르고 억지로 숙살일대를 대동하게 만들었다는 말은 굳이 하지 않았다.

"비록 스물다섯에 불과하나 개개인의 살예가 극에 이른 숙살일대에 숙살단주가 함께 움직였으니 놈의 재주가 아무리 뛰어나도 이번만큼은 어쩔 수 없을 것입니다."

하후천이 천천히 고개를 끄덕였다.

"그리된다면 다행이지만… 뭐, 두고 보면 알겠지."

이후에도 신산의 보고는 계속 이어졌다.

꽤나 오랫동안 이어졌지만 그중 하후천의 관심을 끈 것은 사도천과 완벽하게 무너졌다고 여겼던 수라검문이 부활을 꾀하고 있다는 보고였다.

"부활이라……. 쓸데없는 망상을 품고 있군."

"사도천은 문제가 되지 않습니다. 광풍곡과 사혈림, 북명신문은 이미 완벽하게 복속을 하였으며 끝까지 대항했던 유명밀부는 흔적도 없이 지워 버렸습니다."

"하면 지금 그들의 중심엔 누가 있느냐?"

"전 사도천의 대장로였던 예당겸으로 확인되었습니다. 그를 중심으로 적룡방의 잔당들이 모여들었고 최근엔 흔적이 묘연했던 현음궁주 산정호도 합류를 한 것으로 압니다. 하나, 그 세력이라는 것이 실로 미미하여 신경 쓸 정도는 아닙니다."

"군사가 그리 판단한다면 그런 것이겠지. 아, 그리고 공사의 진척은 어떻더냐? 혹여 그 녀석들 때문에 차질이 있는 것은 아니겠지?"

"예, 사도천의 총단은 이미 본 교의 전초기지로 완벽하게 변모한 상태입니다. 교주께서 머무실 천존각(天尊閣)의 공사만 마무리만 되면 당장 옮겨도 큰 무리가 없을 정도입니다."

"쯧쯧, 대충 해도 된다고 말했거늘."

말은 그리하면서도 하후천은 꽤나 기꺼워하는 표정이었다.

"사도천에 비해 수라검문은 조금 문제가 될 것도 같습니다."

"당연히 그렇겠지. 폐인이 되었다고는 해도 우두머리가 살아남았으니. 복우산에서도 나름 중요한 인물들이 꽤나 많이 살아남은 것 같고."

"게다가 총단이 무너진 이후 굴복해 온 사도천과는 달리 수라검문 쪽에선 거의 투항을 하지 않았습니다."

"죽을지언정 무릎을 꿇지 않는다? 그래, 명색이 마도를 걷는 놈들이라면 그 정도 자존심쯤은 지니고 있어야겠지."

"과거에 비할 바는 아니나 세력도 제법 불렸습니다."

"흠, 그랬단 말이지. 소… 벽하라고 했던가, 근자 들어 묵룡도후(墨龍刀后)라 불리는 아이가?"

"예."

"그러고 보면 어린것이 대단하긴 하구나. 좌패천이 퇴물이 된 상황에서 수라검문을 그 정도까지 재건한 것을 보면 말이다. 전설이 완전히 헛된 것은 아니었어."

"강호포를 비롯하여 살아남은 수라검문의 노물들 힘이 크게 좌우한 것으로 압니다."

"노물들의 지지를 이끌어내는 것 또한 그 아이의 능력. 아직까지 염려할 정도는 아니라고는 하나 천려일실(千慮一失)이라 했다. 과거 천하를 손아귀에 넣었던 우리가 무엇 때문에 그토록 오래 인고의 세월을 보내야 했는지 다른 이는 몰라도 군사는 항상 염두에 두어야 할 것이다."

"명심하겠습니다."

고개를 숙이며 대답을 한 신산이 조금은 난처한 얼굴로 입을 열었다.
"한데 검각은 어찌해야 합니까?"
"검각?"
"교주님의 명으로 가급적 검각에 대해선 손을 쓰지 않으려고 하였으나 그들의 동태가 심상치가 않습니다."
"……"
"다른 곳도 아니고 검각입니다. 이대로 방치하기엔……"
하후천이 신산의 말을 끊었다.
"먼저 도발을 하지 않는 한 건드리지 말라고 했을 뿐이다."
"하오면?"
"선을 넘는 순간 가차없이 쳐야겠지."
간단히 대꾸한 하후천이 자신으로 하여금 쓸데없는 명을 내리게 만든 담사월을 떠올리며 쓴웃음을 지었다.
"그나저나 감찰단주가 귀찮게 하지는 않느냐?"
질문의 정확한 요지를 파악하지 못한 신산이 가만히 다음 말을 기다리자 하후천이 조금은 겸연쩍은 음색으로 말을 이었다.
"녀석이 쓸데없이 이곳저곳을 들쑤시고 다닌다고 해서 말이다. 투밀단 아이들이 꽤나 시달렸다고 들었다. 빈둥거리고 노는 것이 못마땅하여 일을 시켰더니 어째 영……"

혀를 차며 고개를 흔드는 하후천. 그를 가만히 응시하던 신산이 대수롭지 않다는 듯 말했다.

"감찰단주의 직분이 원래 그런 것이겠지요. 곳곳에서 불만이 쌓이고는 있으나 사안이 사안이니만큼 소천주도 열성을 보이는 것이라 생각하고 있습니다."

"그렇긴 하지. 죽림이라……. 쥐새끼 같은 놈들이 감히."

순간적으로 사라지기는 했으나 죽림을 언급할 때 하후천의 눈빛에서 폭사하던 살기에 신산은 자신도 모르게 몸을 떨었다.

"아직도 놈들의 정체는 파악하지 못했느냐?"

"모든 정보망을 동원하여 은밀히 찾고는 있으나 아직 별다른 성과를 얻지는 못하고 있습니다. 죄송합니다."

"되었다. 그렇게 쉽게 꼬리를 보일 놈들이라면 애당초 숨어들지도 못했겠지. 하지만 찾아야 할 것이다. 그래서 반드시 대가를 치르도록 해야 할 것이야."

"명심… 하겠습니다."

고개를 숙여 대답하는 신산의 눈동자가 가늘게 흔들렸다.

　　　　　*　　　*　　　*

"후~"

좌패천의 처소에서 나와 회의실로 향하는 소벽하의 얼굴

에 그늘이 졌다.

 몇 번의 고비를 넘기고 느리기는 해도 차도가 있다고 여겼던 좌패천의 부상이 근래 들어 상당히 악화되었기 때문이다.

 암흑마교에 의해 집요하게 쫓기던 좌패천이 극적으로 구조되었을 때 금방이라도 숨이 끊어진다 해도 이상하지 않을 정도로 큰 부상을 당했던 것을 생각하면 살아 있다는 것 자체가 기적 같은 일이었지만 소벽하는 그 이상을 원하고 있었다.

 "너무 걱정하지 말거라. 쉽게 쓰러지실 분이 아니야."

 강호포가 그녀의 어깨를 두드리며 말했다.

 "그 누구도 불가능하다고, 심지어 의원들조차 고개를 흔들던 상황에서 지금껏 살아 계시지 않느냐? 곧 쾌차하실 거다."

 "그리만 된다면 여한이 없겠어요."

 "쯧쯧, 그건 당연한 것이고. 그 정도로 만족해서야 되겠느냐? 지금 네 손에 무너진 수라검문의 재건이 달려 있다. 또한 암흑마교의 잔악한 손속에 쓰러진 동료, 형제들의 복수까지 말이다."

 다소간의 질책이 섞인 강호포의 말에 소벽하가 무겁게 고개를 끄덕였다.

 "너무 걱정하지 마세요. 저 또한 단 한순간도 잊지 않고 있으니까요."

 "암, 그래야지. 허허허! 내가 너를 알고 있거늘. 너무 쓸데없는 걱정을 하였어. 자, 들어가자꾸나."

기분 좋은 웃음을 터뜨린 강호포가 어느덧 도착한 회의실의 문을 힘껏 열어젖혔다.

그와 소벽하의 등장에 회의실에 모여 있던 이들이 일제히 자리에서 일어났다.

"앉으세요."

수라검문의 문주를 상징하는 태사의에 앉은 소벽하가 손짓을 하자 단 한 사람만을 제외하고 모두 자리에 앉았다.

머리가 땅에 닿을 정도로 꼬부라진 허리에 허약하기 그지없어 보이는 몸, 패기라고는 전혀 느껴지지 않는 얼굴을 지녔으나 두 눈만큼은 천하를 투영할 수 있을 정도로 밝게 빛나는 중년인은 다름 아닌 군사 가등전이었다.

"유자충 어른께서 돌아가셨다는 말을 들었습니다."

소벽하의 말에 소식을 접하지 못했던 강호포가 깜짝 놀란 얼굴로 소리쳤다.

"광풍권이 당했다는 말이냐?"

"그렇습니다."

"언제? 어디서 당했다는 말이냐?"

"이틀 전 양주에서 그만……."

가등전의 음성이 가늘게 떨렸다.

"망할!"

강호포가 치미는 화를 이기지 못하고 탁자를 후려치자 자단목으로 만들어진 탁자가 그 충격을 견디지 못하고 박살이

나버렸다.

 평소 꽤나 많은 나이 차이에도 불구하고 성격이나 행동방식이 매우 비슷했던 강호포와 유자충이 유난히 친했다는 것을 알고 있던 이들이 저마다 안타까운 표정을 지으며 탄식을 내뱉었다.

 "후~ 제가 충돌하지 말고 피하라고 전하라 하지 않았나요?"

 소벽하의 음성엔 자신의 명이 이행되지 않은 것에 대한 노기와 더불어 유자충을 비롯해 또다시 많은 이들이 목숨을 잃은 것에 대한 안타까움이 묻어 있었다.

 "당연히 전했습니다. 어르신께서도 충분히 인지하고 계셨구요."

 "한데 어째서?"

 "놈들의 공격이 너무 교묘하게 이뤄진데다가 양주 분타를 버리고 탈출하는 과정에서 많은 피해가 있었습니다. 결국 피해를 줄이기 위해서 어르신께서 일전을 불사하신 것으로 압니다. 양주 분타주 초검승 또한 목숨을 잃었습니다."

 "……."

 가만히 입술을 깨무는 소벽하의 눈에서 감당키 힘든 살기가 흘렀다.

 그녀의 눈에서 쏟아진 살기가 가등전의 온몸을 난도질했으나 잠시 휘청거렸을 뿐 그의 입에선 미약한 신음 소리조차 흘러나오지 않았다.

"아, 미안해요."

소벽하가 자신의 실책을 눈치 채고 황급히 살기를 거두자 가등전이 쓴웃음을 지으며 고개를 흔들었다.

"괜찮습니다. 조금 더 빨리 움직여야 했는데… 놈들의 움직임을 예측하지 못한 제 잘못입니다."

제자인 여전에게 군사 직을 넘기고 잠시 은퇴를 했으나 좌패천의 압력에 다시금 군사로 돌아온 가등전. 좌패천의 목숨을 구하는 데 혁혁한 공을 세웠음에도 애당초 암흑마교의 발호를 눈치 채지 못하는 바람에 수라검문이 무너지고 유일한 제자 여전마저 자신을 대신해 좌패천을 탈출시킬 수 있는 시간을 벌기 위한 작전을 지휘하느라 탈출을 하지 못한 채 목숨을 잃고 말자 그는 모든 일을 자신의 책임으로 돌리며 늘 자책하고 있었다.

"예측을 했다 해도 결과가 뒤바뀌었을 것 같지는 않구나."

마도병이 탄식을 하며 말을 이었다.

"양주 분타는 우리에겐 더 이상 물러설 수 없는 최후의 보루와 같은 곳. 그곳만큼은 반드시 지켜야 하는 공감대가 있었지. 광풍권이나 양주 분타주가 쉽게 포기하지는 못했을 것이야. 탈출을 시도했다곤 하지만 속내를 들여다보면 꼭 그렇지는 않을 게야. 그렇지 않더냐?"

마도병의 질문에 가등전은 대답을 하지 못했다.

"광풍권 어르신을 해친 놈이 누구냐?"

화검종이 착 가라앉은 목소리로 물었다.

"양주 분타를 공격한 놈들은 흑룡전단이었습니다만 광풍권 어르신은 소일첨 그자에게 당하셨습니다."

"염소수염! 바로 그놈이었군."

화검종이 이를 바득 갈았다.

비단 화검종뿐만이 아니었다. 회의실에 있던 모든 이들의 얼굴이 소일첨이라는 이름을 듣는 순간 분노와 살기로 휩싸였다.

그들에게 소일첨이라는 이름은 악몽과도 같았다.

수라검문이 무너지고 일패도지하던 그들을 집요하게 쫓던 이가 바로 소일첨이었다.

그에게 무수히 많은 동료와 수하, 제자들을 잃었고 심지어 좌패천의 양다리와 한 팔을 잃게 만든 사람도 바로 그였다.

"무리를 하더라도 그때 끝장을 냈어야 하는데."

화검종은 좌패천을 구해내던 당시 소일첨과의 대결을 생각하며 주먹을 꽉 쥐었다. 승리를 거두기는 하였으나 그때 당한 왼쪽 옆구리의 부상이 생각만으로도 쑤셔왔다.

"다음에 만나면 내 반드시 그놈을……."

화검종의 말이 끝나기도 전이었다.

"그놈은 내 거다."

강호포가 선언하듯 말했다.

"무슨 말씀이십니까? 제가……."

"미리 경고하건대, 아무도 나서지 마라. 그놈의 목은 내가 벤다."

강호포를 중심으로 회의실을 단숨에 얼려 버릴 것만 같은 엄청난 냉기가 휘몰아치고 뭐라 반발을 하려던 화검종도 그 기세에 눌려 감히 경거망동을 하지 못했다.

"그렇게 하세요. 대신 확실하게 처리하셔야 해요."

소벽하의 말에 강호포가 기세를 풀며 고개를 끄덕였다.

"내 그놈에게 죽음의 공포가 무엇인지 보여줄 것이다."

"믿어요. 그리고 군사님."

"예, 문주님."

"오전에 대정련과 충돌이 있었다고 들었어요."

"가벼운 다툼이 잠시 있었던 것으로 압니다만 그다지 신경 쓰실 일은 아닙니다."

"그러면 다행이고요. 지금의 상황에서 대정련과 문제가 생겨봐야 좋을 것이 없으니 힘드시더라도 조금 더 신경을 써주세요."

"흥, 대정련 놈들이 뭐가 대단하다고."

화검종이 콧방귀를 뀌며 투덜대자 소벽하가 씁쓸한 미소를 지으며 고개를 흔들었다.

"자존심도 세울 때 세워야지요. 과거엔 몰라도 지금은 분명 우리가 약자예요. 게다가 이곳은 대정련의 세력권. 그들의 배려가 있었음을 무시할 수는 없지요."

"망할!"

화검종은 무엇이 그리 마음에 들지 않는지 연신 화를 내다가 두 눈을 무섭게 부라리는 강호포에 의해 겨우 입을 다물었다.

"너무 걱정하지 않으셔도 됩니다. 저들 또한 우리와 분란을 일으켜 봐야 하등 좋을 것이 없다는 것을 알고 있을 겁니다. 사도천이 무너지고, 아니, 거의 완벽하게 흡수된 이상 암흑마교와 싸울 수 있는 세력은 이제 그들과 우리뿐이니까요."

"검각도 움직이고 있다고 하지 않았나요?"

소벽하의 물음에 가등전이 곤혹스런 표정을 지으며 대꾸했다.

"어찌 된 일인지 암흑마교가 이상하리만큼 검각에는 관대합니다. 그 틈에 세력을 결집시키고 있으나 여전히 미약합니다. 당장 와해된다고 해도 이상할 것이 없지요."

"납작 엎드려 어쩔 줄을 몰라 하는 놈들과 비교하면 그래도 검각은 검각이야. 하긴 검후라는 이름이 결코 가볍지는 않은 것이니."

암흑마교와 대항한다는 이유 하나만으로도 강호포는 검각을, 그리고 검후를 인정했다.

그의 말이 끝나기를 기다린 가등전이 전에 없이 심각한 표정으로 벽에 걸린 지도의 한 지점을 짚었다.

"조만간 이후 무림의 향배를 가늠할 수 있는 실로 중대한 싸움이 벌어질 것입니다. 바로 이곳에서."

"상강이면… 남궁세가를 말함인가?"

마도병이 물었다.

"예, 형산파를 무너뜨린 암흑마교의 주력이 현재 남궁세가로 이동하고 있습니다."

"남궁세가라…… 만만치 않은 상대를 골랐군."

"만만치 않기는 해도 얼마 전 오대세가로 일컬어지는 모용세가가 멸문지화를 당했습니다. 형산파도 무너졌습니다. 객관적인 전력으로 남궁세가는 암흑마교의 상대가 되지 않습니다."

"대정련이 그대로 보고 있지만은 않겠군요."

소벽하가 지도에 눈을 고정시킨 상태로 말했다.

"그렇습니다. 형산파가 무너진 상태에서 남궁세가까지 놈들 손아귀에 떨어지면 장강 이남에서 사실상 그들에 대적할 문파는 없다고 해도 과언이 아닙니다. 악양의 구양세가, 구강의 문인세가 등이 남아 있기는 해도……."

"그따위 놈들이야 남궁세가와는 비할 바가 아니지."

화검종이 코웃음을 치며 빈정거렸다.

"대정련으로선 남궁세가만큼은 어떻게든 지키려 하겠군요."

"예. 이미 상당한 전력이 남하하는 것으로 파악되었습니다. 산동악가와 하북팽가에서도 대규모의 지원군을 보냈습니다."

"흥! 다들 똥줄이 탔군. 그동안은 뭐 했는지 몰라."

화검종은 수많은 문파들이 무너지고 암흑마교의 세력이 불같이 일어나는 것을 보면서도 생각보다 미온적으로 대처했던 대정련의 모습에 배알이 꼴릴 대로 꼴린 상태였다. 그들이 무엇을 하건 곱게 보이지 않았다.

"지킬 수 있을까요?"

소벽하가 조심스레 물었다. 질문이 지닌 심각함에 좌중은 침묵했다. 심지어 화검종조차도 침을 꿀꺽 삼키며 가등전의 대답을 기다렸다.

"현재까지 드러난 전력을 감안하면 불가능하다고 봅니다. 암흑마교가 다소간 고전을 할지는 몰라도 남궁세가는 결국 무너지게 되어 있습니다."

"하지만 대정련을 비롯하여 여러 문파의 힘이 모이면 어떻게든 버틸 수는 있지 않을까요?"

소벽하의 말에 가등전이 가만히 되물었다.

"힘이 모일 수 있다고 보십니까?"

좌중을 둘러본 가등전이 살짝 한숨을 내쉬며 말했다.

"저라면, 제가 암흑마교의 군사라면 저들이 힘을 합치도록 결코 좌시하지 않을 겁니다."

반역(叛逆)의 끝

"하면?"

반문하는 소벽하의 음성이 절로 떨렸다.

"각개격파만큼 쉬운 것도 없지요. 무엇보다 암흑마교는 그것을 실천할 수 있는 정보력과 힘을 지니고 있습니다."

가등전이 소벽하와 수라검문의 수뇌들을 돌아보며 말했다.

"단언컨대 남궁세가는 결코 사흘을 버틸 수 없습니다."

第四十九章

일보탈혼(一步奪魂)

초혼살루의 내전.

아침 일찍 소집 명령을 받은 십대살수가 속속 자리를 잡고 앉았다.

"어찌하실 생각일까?"

풍인이 이런저런 종이 뭉치를 살피고 있는 몽암에게 물었다.

"글쎄… 나야 모르지."

몽암의 시큰둥한 대답에 풍인이 발끈했다.

"명색이 광목의 수장이다. 정보를 총괄한다는 놈이 그런 성의없는 대답이 어딨냐?"

"이게 단순히 정보를 따질 문제냐? 선택은 어디까지나 대사형, 아니, 루주께서 하시는 거라고. 난 그저 루주님께서 원하시는 정보를 전달하는 사람일 뿐이고."

몽암과 풍인이 언성을 높이자 자그마한 비도를 손가락 끝에서 빙글빙글 돌리고 있던 은비가 짜증을 냈다.

"제발 닥치고들 있어. 그렇잖아도 정신 사나운데."

"허허, 초혼살루의 암호랑이를 누가 또 건드렸을까?"

너털웃음을 터뜨리며 내전으로 들어서는 노인은 얼마 전까지만 해도 광목의 수장으로서 피비린내 났던 내전에서 곽월을 지지하여 그에게 승리를 안기는 데 혁혁한 공을 세운 사무(死舞)였다.

내전이 끝나고 광목의 수장 직을 몽암에게 넘긴 사무는 초혼살루의 장로로 추대된 뒤 초혼살루의 대소사에 상당한 영향력을 행사하고 있었다.

사무의 등장에 앉아 있던 이들 모두가 분분히 자리에서 일어났다.

"염 장로님께선 오시지 않는 겁니까?"

몽인의 물음에 사무가 살짝 고개를 흔들었다.

"그 친구의 성격을 잘 알지 않더냐? 어떤 일에도 관여하지 않고 오직 후학을 키우는 것에만 관심을 두는 사람이다. 지금도 어찌하면 쌀 한 줌을 가지고 한 달을 버티는지 강의하는 중일 게다."

사무의 대답에 모였던 모든 이들이 질렸다는 표정을 지었다.

사대장로가 제거된 이후 사무와 더불어 장로로 추대된 염인(炎忍)은 살수들의 훈련을 책임지는 사람으로서 루주가 된 곽월을 비롯하여 초혼살루가 자랑하는 십대살수 중 그에게 훈련을 받지 않은 사람은 아무도 없었다.

그리고 다들 기억했다.

그 어떤 절망적인 상황도 그에게 훈련받던 시절에 비교하면 춘삼월 꽃놀이 하는 것과 다름없는 것이라고.

"한데 루주는 아직이더냐?"

"예."

"하긴 쉽지 않은 문제이긴 하지."

"어려울 것도 없지 않습니까? 초혼살루가 언제부터 암흑마교의 개가 되었단 말입니까?"

풍인이 날카롭게 반발하자 몽암이 그의 어깨를 잡았다.

"말을 함부로 하지 마라. 그리고 정확하게 말하자면 우리가 잠시나마 협력했던 곳은 구중천이지 암흑마교가 아니다."

"그러니까, 놈들이 암흑마교로 밝혀진 이상 우리가 그놈들의 말을 들어줄 이유는 없다니까. 게다가 뭐야? 어디서 듣도 보도 못한 애송이 한 놈을 보내서 다짜고짜 남궁세가로 이동하는 팽가와 악가의 공격에 합류하라니. 대체 우리를 뭐로 알고."

풍인은 전령이랍시고 고압적인 태도로 명령을 전한 암흑마교의 인물을 떠올리며 분함을 참지 못했다.

"심정이야 다들 너와 같지만 암흑마교다. 벌써 천하의 반을 집어삼킨 암흑마교. 놈들과 척을 진다는 것이 얼마나 위험한 일인지 몰라. 루주께서도 그 때문에 그리 고민하시는 것이고."

"젠장."

풍인의 입에서 거친 말이 튀어나왔다. 머리로는 이해가 되었지만 가슴으로는 도저히 용납이 되지 않았다.

바로 그때, 밤을 지새운 것인지 다소 초췌한 모습을 한 곽월이 내전으로 들어섰다.

"결정을 하셨습니까? 어찌하실 생각입니까?"

곽월이 자리에 앉기가 무섭게 풍인이 질문을 던졌다.

몽암이 잔뜩 인상을 찌푸렸지만 굳이 말리지는 않았다. 그 역시 곽월의 선택이 궁금했기 때문이다.

"그래, 결정은 하였는가?"

"예."

사무의 물음에 천천히 고개를 끄덕인 곽월이 착 가라앉은 음성으로 말했다.

"아무래도 망혼곡(亡魂谷)으로 가야겠습니다."

"음."

사무의 입에서 절로 신음이 흘러나왔다.

"역시 쉬운 길로는 가지 않을 셈이군."

"그냥 따르자니 영 개운치가 않아서요."

"하긴 나부터도 전대 루주가 구중천과 손을 잡았을 때 찜찜하긴 했어. 지금껏 특정 사람이나 세력과 손을 잡은 전례가 없으니까. 그렇다고 무작정 거스르기엔 저들이 지닌 힘이 너무 막강해서 걱정했는데 망혼곡이라… 탁월한 선택이군."

망혼곡은 초혼살루에서도 극히 일부의 사람들만 그 존재를 알고 있을 정도로 비밀에 싸인 장소였다. 암흑마교의 이목이 제아무리 천하를 뒤덮고 있을지라도 망혼곡이라면 안심할 만했다.

"하면 놈들과 싸울 결심을 한 것입니까?"

풍인이 반색을 하며 물었다.

"그들과 인연을 끊을 뿐이지 싸운다고는 하지 않았다. 그들이 우리를 건드리지 않는다면 굳이 대적할 생각은 없다. 애당초 길이 다르니까."

"만약 우리의 결정을 용납하지 못한다면 어찌할 텐가?"

사무의 물음에 다들 긴장감을 감추지 못했지만 곽월의 대답은 의외로 간단명료했다.

"그럼 지옥을 보게 되겠지요."

곽월의 말에 풍인이 함성을 내질렀다.

"암요! 지옥을 보고말고요!"

"밤의 두려움도 알게 되겠지요."

은비가 들고 있던 비도를 혀로 핥으며 섬뜩한 표정을 지었다.

"암흑마교에서 온 자는 어찌해야 합니까?"

몽암이 물었다.

"그는 어쩌고 있느냐?"

"밤새 술을 퍼먹는 것 같더니 아직까지 자는 모양입니다."

몽암의 대답에 월천이 어이가 없다는 듯 말했다.

"숙살단이라면 암흑마교에서 키운 살수들 아닙니까? 나원, 명색이 살수라는 놈이."

하지만 곽월의 생각은 조금 다른 듯했다.

"과연 그럴까? 겉모습만 보고 판단하지 마라. 내가 보기엔 최소한 너희들만큼이나 힘든 과정을 겪고 극한의 고통을 경험해 본 사람의 모습이었다. 그런 눈빛은 아무나 가질 수 없는 것이거든. 그렇지 않은가?"

말이 끝나는 것과 동시에 곽월의 육중한 몸이 튕기듯 허공으로 치솟았다.

어디서 그런 동작이 나오는 것인지 육안으로도 파악하기 힘들 정도로 빠른 곽월의 움직임.

어느새 천장을 뚫고 들어간 손이 뭔가를 낚아채 잡아당겼다.

요란한 소리와 함께 바닥으로 떨어지는 것은 월상이란 이름을 지닌, 몽암이 술에 취해 잠을 자고 있을 것이라 예상했던 암흑마교의 전령이었다.

"어, 어떻게?"

설마하니 자신의 은신술이 간파당할 줄은 꿈에도 몰랐다는 듯 월상의 떨리는 음성엔 불신이 가득했다.

"숨소리가 너무 커."

그럴 리가 없었다.

호흡은 물론이고 기척까지 완벽하게 감춘 상태가 아니었던가.

"대단하군. 지금껏 나의 은신술을 파악한 사람은 오직 단주님뿐이었는데."

월상이 어처구니없다는 듯 웃음을 흘렸다.

"자부심을 가져도 좋다. 한심하게도 나를 제외하고는 아무도 눈치 채지 못했으니까 말이야."

저마다 내심 최고의 살수라 자부했던 초혼살루의 살수들. 하나, 곽월의 말에 무안함을 감추지 못하고 다들 얼굴이 벌게졌다.

"훗, 과연 초혼살루라는 것인가? 좋아, 어쨌건 군사님의 걱정이 맞은 듯하군. 감히 배반을 꿈꾸다니 말이다."

"글쎄, 배반이라고 하기엔 좀 그렇지 않을까? 암흑마교와 초혼살루가 애당초 종속된 관계도 아니었고, 잠시 잠깐 계약을 했을 뿐이지."

"대가를 받게 될 것이다."

"그러려면 그쪽도 그만한 각오를 해야 할 것이야."

살기를 띠며 눈을 부라리는 월상에 비해 곽월의 태도는 여유가 있었다.

"이자를 어찌할까요?"

풍인이 살기 띤 눈을 번들거리며 물었다. 명이 떨어지면 당장에라도 피를 볼 기세였다.

"어찌하다니?"

"비밀 유지를 위해서도 처리해야 하는 것 아닙니까?"

풍인이 자신의 목을 긋는 시늉을 하자 몽암이 피식 웃으며 고개를 흔들었다.

"그럴 필요가 있을까?"

"뭐라고! 그럼 놔주자는 말이냐?"

풍인이 고개를 홱 돌리며 버럭 화를 내자 몽암이 월상을 가리키며 말했다.

"한빙음살마혼장에 당하고서도 살아날 수 있는 사람이 있다고 보냐? 그냥 둬도 어차피 일각을 넘기지 못해. 아니, 이제 반 각도 남지 않은 것인가?"

그의 말이 끝나기도 전에 월상의 몸에서 반응이 왔다.

전신을 덜덜 떠는가 싶더니 이내 가슴을 부여잡고 온몸을 비틀기 시작했다.

"으으으으."

입술을 헤집고 흘러나오는 고통의 신음은 그가 숙살단의

모든 훈련을 마친 이후 처음으로 흘리는 것이었다.

머리에서 발끝까지 뼈마디는 물론이고 세포 하나하나까지 갈가리 찢어버리는 듯한 엄청난 고통은 인간으로선 결코 감당키 힘든 것이었다.

심지어 가장 고통스럽다는 분골착근(分骨搾筋)의 수법까지도 우습게 여길 정도로 한빙음살마혼장이 주는 고통은 절대적이었다.

무엇보다 한빙음살마혼장이 무서운 이유는 그런 고통 속에서도 스스로 목숨을 끊을 수 없다는 것. 몸속에 침투한 음기가 한번 움직이기 시작하면 손가락 하나 까딱할 수조차 없게 만들었다.

그랬기에 인간으로선 도저히 감내하기 힘든 수법에 당하면서도 죽은 이들의 얼굴에 고통의 흔적이 남지 않는 것은, 아니, 때로는 안도의 미소까지 흐르는 것은 죽음을 통해 비로소 고통에서 해방될 수 있다는 희열 때문이었다.

월상이 그랬다.

반 각여를 고통 속에서 몸부림치다가 숨이 끊어진 그의 얼굴엔 모든 것을 초탈한 인간만이 지닐 수 있는 미소가 머물고 있었다.

"쯧쯧, 그래도 같은 길을 걷는 자인데 조금 안됐다는 생각이 드는군."

사무가 혀를 차며 말했다.

"실력이 뛰어난 자라 어쩔 수 없었습니다. 그나저나 서둘러야 할 것 같군요."

"서두르다니?"

"암흑마교는 이미 우리를 의심의 눈초리로 보고 있습니다. 그런 상황에서 연락이 끊기면……."

"알았네. 최대한 빨리 준비를 하도록 하는 것이 좋겠군."

곽월이 하고자 하는 말을 곧바로 알아들은 사무가 고개를 끄덕였다.

"부탁드립니다. 몽암이 할 일이지만 아직 많이 부족합니다. 너희들도 장로님을 도와 최대한 빨리 망혼곡으로 떠날 준비를 해라."

"예."

"시신부터 치우고."

월상의 시신이 치워지는 사이 몽암이 곽월에게 다가가 조심스레 입을 열었다.

"한 가지 전해 드릴 소식이 있습니다."

"뭔데?"

"친구분과 관계된 일입니다만."

몽암의 말에 곽월의 안색이 살짝 굳었다. 그에게 친구라 할 수 있는 사람은 오직 한 명뿐이었다.

"무슨… 일인데?"

"숙살단이 그분을 노리고 움직인 것으로 보입니다."

"숙살단이?"

"예."

"난 또 뭐라고. 그 녀석과 암흑마교가 부딪친 것이 하루 이틀도 아니잖아. 몇 번 위기도 있었던 것으로 아는데, 조심하고 있을 거야."

곽월이 대수롭지 않게 말했지만 몽암은 생각이 다른 듯했다.

"이번엔 조금 다릅니다. 숙살단주가 직접 움직였습니다."

"숙살… 단주가?"

평상시에도 찾기 힘들었던 곽월의 눈동자가 거의 보이지 않을 정도로 가늘어졌다.

"게다가 숙살일대까지 모조리 동원한 듯합니다."

"음."

곽월의 눈에서 검은자위가 사라졌다.

"숙살일대라면 그때 그 시건방진 놈들을 말하는 거잖아?"

풍인이 은근슬쩍 끼어들었다.

"그래."

언젠가 그들과 함께 작전을 펼쳤던 적이 있는 풍인이 생각만으로도 기분이 나쁜지 인상을 찌푸렸다.

"뭐, 그래도 실력 하나는 인정해 줄 만했지."

"어찌해야 합니까? 친구분의 실력은 익히 알고 있지만 숙살단주와 함께 숙살일대가 나섰다면 상당히 좋지 않은 상황에 처할 수 있습니다."

몽암의 물음에 곽월은 쉽게 대답하지 못했다.

곽월이 대답을 못하자 오히려 풍인이 팔을 거들고 나섰다.

"어쩌긴, 당연히 구하러 가야지. 그분이 아니었으면 루주나 나나 너나 아무도 살아남지 못했어."

몽암이 답답하다는 듯 쏘아봤다.

"그걸 모르냐? 하지만 지금 우리 문제도 만만한 것이 아니라 그렇지. 우리가 그 일에 개입된 것을 알면 암흑마교가 가만있지 않을 거다. 지금이야 단순히 결별을 한 수준이라 운이 좋으면 그냥 넘어갈 수도 있겠지만 그때는 그야말로 반드시 죽여야 하는 적으로 변한다는 말이야."

"그렇다고 이대로 모른 체할 수는 없잖아. 애당초 몰랐다면 모를까."

현재 초혼살루가 처한 입장을 떠올린 풍인이 다소 힘 빠진 음성으로 말했다.

그들의 대화를 가만히 듣고 있던 사무가 아직 어떤 결정도 내리지 못하고 있는 곽월에게 말했다.

"마음 가는 대로 하시게나. 루주는 곧 초혼살루. 루주의 목숨을 구해줬다는 것은 초혼살루를 구해줬다는 말과 같은 것이지 않은가?"

"……."

곽월이 아무런 대답도 하지 못하자 사무가 너털웃음을 터뜨리며 말했다.

"너무 어렵게 생각하는군. 암흑마교와는 애당초 틀어졌어. 그들의 성정으로 보아 무사히 넘어가기는 힘들 걸세. 루주도 그걸 알기에 광혼곡으로 피하려고 하는 것 아닌가? 게다가 루주의 친구라면 초혼살루의 친구도 되는 것. 비록 우리가 사람들이 손가락질하는 살수의 업을 지니고 있지만 한 가지는 확실히 지키고 있지."

사무가 주변을 돌아보며 힘주어 말했다.

"피에는 피로, 은혜는 은혜로 갚는다는 것. 친구의 위기를 모른 척한다는 것 또한 말이 되지 않겠지. 루주가 어떤 결정을 내린다 해도 토를 달 사람은 아무도 없을 걸세. 그렇지 않으냐?"

"물론입니다."

"은혜를 입었으면 의당 갚아야 하는 것이지요. 그것이 설사 목숨을 걸어야 하는 일이라도요."

사무의 말에 모든 이의 고개가 일제히 끄덕여졌다.

의견은 이미 모아졌다.

곽월의 의중 따위는 아무런 필요도 없었다.

*   *   *

풍전등화의 위기에 빠진 무림의 상황을 말해주기라도 하

듯 며칠 동안 흐린 하늘에선 별빛을 구경할 수가 없었다.

간간이 모습을 드러내고자 안간힘을 쓰는 달빛마저 없었다면 그야말로 한 치 앞도 분간할 수 없을 정도로 짙은 어둠에 잠긴 대지를 일단의 사람들이 빠르게 이동하고 있었다.

산을 넘고 숲을 지나 드넓은 들판에 이르렀을 때에야 비로소 그들의 움직임이 멈춰졌다.

"오늘은 이곳에서 머문다."

숲을 벗어났다고는 하나 주변엔 인가 하나 보이지 않는 터. 다들 노숙을 하기 위해 바삐 움직였다.

"너무 강행군을 하는 것은 아닌지 모르겠습니다."

주변에서 쓸어 모은 낙엽 위에 두툼한 모포를 깐 도극성이 불을 피우고 물을 끓이는 등 분주히 움직이는 당가의 식솔들을 보며 조금은 걱정스럽다는 듯 말했다.

"후~ 어쩔 수 없지. 시간이 너무 촉박해."

당초성이 한숨을 내쉬며 말했다.

"그래도 그렇지요. 배에서 내려 나흘째 쉬지 않고 달렸습니다. 이러다간 싸우기도 전에 지쳐 나가떨어질 정도라고요."

그러자 어디서 구했는지 알싸한 향기를 풍기는 호리병 하나를 들고 나타난 당고후가 도극성의 옆에 털썩 주저앉으며 말했다.

"당가에 그 정도로 약한 놈들은 없네. 이 정도 움직였다고 쓰러지지는 않아."
"하하, 어련하시겠습니까?"
도극성이 쓴웃음을 지으며 슬쩍 물러나자 당고후가 술이 든 호리병을 슬쩍 건넸다.
"마시려나?"
"고맙습니다."
도극성은 사양하지 않고 호리병에 든 술을 벌컥벌컥 들이켰다.
"꽤나 독하군요."
"단번에 절반도 넘는 술을 마시고 하는 말치곤 조금 염치가 없는 것 아닌가?"
한결 가벼워진 호리병을 돌려받은 당고후가 입맛을 다시며 당초성에게도 술병을 내밀었다.
"너도 한잔할 테냐?"
"하하, 전 괜찮습니다."
당초성이 웃으며 고개를 흔들었다.
"웬만하면 한잔하지 그러냐? 먼 길에 이 녀석만큼 필요한 것도 없다. 피로가 싹 풀리거든."
그러면서도 거푸 술을 들이켜는 당고후. 말과는 달리 다시 건네고픈 마음이 없는 듯했다.
"한데 얼마나 더 가야 합니까? 거리를 가늠키가 힘드네요."

도극성이 뱃속부터 싸르르 올라오는 열기를 만끽하며 물었다.

"이 정도 속도면 이틀 내로 도착할 수 있을 것 같네."

"늦지 않았으면 좋겠군요."

"그러게. 최대한 빨리 움직인다곤 하였는데 저들의 행보가 워낙 예측 불허라서."

당초성의 안색이 살짝 어두워졌다.

암흑마교의 간자로 인해 초토화되다시피 한 당가를 정상으로 되돌리기 위해 필사적으로 애쓰던 중 남궁세가가 위기에 빠졌다는, 그리고 도움을 바란다는 소식을 전해 들은 지 벌써 열흘이 지났다.

남궁세가의 위기는 곧 무림의 위기. 가능한 모든 전력을 이끌고 달려왔지만 상황이 어찌 돌아가고 있는 것인지 도무지 알 길이 없었다. 간간이 연락을 취하면서 소식을 전해 들었지만 정보가 너무나 부족했다. 그나마 이틀 전부터는 연락도 끊긴 상태였다.

"너무 걱정하지 말거라. 남궁세가는 그리 호락호락한 곳이 아니다. 게다가 대정련을 비롯하여 하북팽가와 산동악가에서도 최정에 전력을 급파했다고 하니 암흑마교의 힘이 아무리 강하다 하더라도 충분히 자웅을 겨룰 수 있을 것이야."

당고후가 어느새 비어버린 호리병을 허리춤에 차며 말했다. 하나, 말을 하면서도 그 스스로도 확신을 하지 못하는 표정이었다.

 노숙을 끝내고 이른 아침 길을 나선 당가의 무인들이 마을에 들어선 것은 해가 중천을 지나 서쪽으로 부지런히 움직이고 있을 때였다.

 밤새 내린 이슬에 젖은 옷은 한참 전에 말랐지만 옷에 엉겨붙은 흙먼지는 어찌 처리할 수가 없어서인지 그들의 행색은 무척이나 지저분했다. 머리를 산발한 이가 대부분이었고 지친 표정, 피곤에 절은 몰골이 초라한 행색을 더하게 했다.

 "마을 초입에 조그만 주루가 하나 있다. 규모가 작기는 해도 그런대로 끼니는 때울 수 있을 게다."

 당고후가 과거의 기억을 더듬으며 말했다.

 그의 말대로 인가가 보이기 시작하는 곳에 도착하자 먼저 다 쓰러져 가는 건물이 일행을 반겼다.

 대문 옆에 '酒'라고 적힌 깃대가 위태롭게 서 있는 것을 보아 그곳이 당고후가 말한 주루가 틀림없는 듯했다.

 "지금 상태라면 야래향(夜來香)도 부럽지 않군."

 도극성이 주루의 낡아빠진 처마를 올려다보며 싱글거렸다.

 금방이라도 쓰러질 것 같은 주루를 사천제일의 기루와 비교를 했으나 아무도 이의를 제기하는 사람이 없었다. 그만큼 그들에게 눈앞의 주루는 휴식과 배고픔을 해결해 줄 수 있는 최고의 선물이었다. 게다가 당고후가 말한 것처럼 규모가 작지는 않았다. 불야성을 이루는 도시의 주루와 비교하기는 뭐해도 이런 시골 촌구석에 이층 규모의 주루라면 상당히 큰 규모였다.

"그나저나 이런 곳에 이 정도의 주루가 있다니 믿기지 않는데요. 마을의 규모도 상당하고요."

도극성이 주루 뒤로 죽 늘어선, 그러나 어찌 된 일인지 대다수가 폐가로 변해 버린 듯한 건물들을 둘러보며 말했다.

"저 산 보이나?"

"예."

당고후의 손짓을 따라 고개를 돌린 도극성이 고개를 끄덕였다.

"십여 년 전까지만 해도 저곳에 금광이 있었다네. 잠시 후 산을 넘을 때 보면 알겠지만 제법 규모가 컸지."

"있었다고 하시는 것을 보면 지금은 없는 모양이군요."

"매장량이 얼마 되지 않았는지 금방 폐광이 되었네. 금광을 보고 무수히 모여들었던 사람들도 모조리 떠나 버렸고."

"아, 그래서……."

그제야 유령이 떠돌아다닐 것처럼 흉측하게 변해 버린 마을의 몰골이 이해가 갔다.

"그래도 완전히 텅 비지는 않았다네. 뜨내기들이야 모조리 떠나 버렸지만 원래 이곳에 살던 주민들은 일부 남아 있으니까."

"그렇군요. 그런데 장사를 하는 것이 맞기는 합니까? 꼴을 보니 어째……."

옷자락을 흩날리게 만드는 미풍에도 볼썽사납게 흔들리는 문짝을 보며 영 미덥지 못한 표정을 지었다.

"없는 것보다는 낫겠지. 자, 가세."

당초성이 도극성의 어깨를 툭 치며 걸음을 옮겼다.

"계십니까?"

대답이 없었다.

"계십니까?"

"뉘시오?"

내실에서 한 사내가 입이 찢어져라 하품을 하며 사타구니를 벅벅 긁으며 나오다가 그대로 굳었다.

난데없이 밀려든 손님에 두 눈이 휘둥그레지는 것이 적잖이 당황한 듯했다.

수십 명이 넘는 인원. 게다가 하나같이 괴상망측한 몰골에 무기까지 들고는 형형한 눈빛을 뿜어대고 있으니 놀라는 것도 당연했다.

"무, 무슨 일이신지……?"

사내가 열심히 눈알을 굴리며 물었다. 커다란 덩치에 어울리지 않게 잔뜩 어깨를 움츠리고 다리를 후들거리며 불안에 떠는 모습은 안쓰럽기까지 했다.

"그렇게 겁먹을 것 없네. 그저 간단히 요기나 하려고 들른 것이니까. 가능하겠는가?"

"예? 예, 가능은 합니다만… 촌구석이라 음식이 입에 맞으실지 모르겠습니다."

당고후의 말에 다소간 안도하는 모습을 보였으나 사내의 태도는 여전히 조심스러웠다.

"맛은 상관없네. 허기만 때우면 되니까. 그래, 어떤 것이 있나?"

"지금 당장 준비할 수 있는 것은 소면과 돼지고기를 갈아 넣은 만두뿐입니다. 시간을 조금 더 주시면 계사면(鷄絲麵:닭고기를 얇게 채를 썰어 넣은 면)과 오리구이도 가능은 합니다만."

당고후는 계사면과 오리구이라는 말에 눈을 초롱초롱 빛내는 이들의 바람을 너무도 간단히 외면해 버렸다.

"오리구이는 됐고, 소면과 만두면 충분할 것 같군. 술은 어떤 것이 있나?"

"분주(汾酒)가 있습니다만……."

사내가 살짝 얼굴을 붉혔다.

이유는 짐작이 갔다.

이런 시골의 주루에서 파는 분주는 그야말로 최하품. 과거 주루가 성했을 때라면 모를까 지금은 어쩌면 술이라고도 할 수 없을 정도로 형편없이 질이 떨어진 술뿐일 것이다.

"내 일전에 오가피주(五加皮酒)를 먹은 기억이 있네만."

사내가 놀라는 표정을 짓자 당고후가 별일 아니라는 듯 엷은 웃음을 흘리며 말했다.

"한 사 오 년 되었나? 유난히 더웠던 여름날에 이곳을 지난 적이 있지. 그때 이곳의 주인 되시는 분께 대접을 받은 적이 있다네. 한데 그사이 주인이 바뀐 것인가? 당시 주인은 관 씨 성을 지닌 노인이었는데."

"아, 예전에 저희 집에 오신 적이 있으시군요. 그분께선 제 부친 되십니다. 재작년에 돌아가시는 바람에 이 주루를 제가 물려받았지요."

"그랬군. 허, 꽤나 정정한 노인장이었는데 말이야. 말도 잘 통했고."

"예, 정정하셨는데 갑자기……."

사내의 표정이 시무룩해졌다.

"이런, 내가 괜한 얘기를 꺼낸 것 같군."

"아닙니다. 신경 쓰지 마십시오."

주인사내가 애써 표정을 밝게 했다.

"그런데 죄송해서 어쩌지요. 지금은 당시 드셨던 오가피주가 남아 있지 않습니다."

"허! 그 많던 술을 다 먹었단 말인가? 부친께선 손님이 줄어 모르긴 해도 십 년은 끄떡없이 버틸 것이라 했는데 말일세."

"생각보다 많은 양이 아니었습니다."

주인사내가 담담히 웃으며 대꾸했다.

당가의 식솔들에게 적응이 된 것인지 아니면 당고후에게 그가 과거에 자신의 주루에 들렀던 적이 있다는 말을 들어서 그런 것인지 처음에 비해 한층 안정을 찾은 모습이었다.

"괜찮네. 없으면 할 수 없는 것이지. 한데 어떤가? 장사는 좀 되는가?"

"될 리가 있겠습니까? 그저 부친께서 하시던 일이고 부업으로 한다고 해도 워낙 손님이 없는 터라 별로 부담도 없고 해서 겨우 유지만 하고 있습니다."

"흠, 사람들이 많이 떠나기는 했어도 그때는 이 정도까진 아니었는데… 활기가 전혀 느껴지지 않아."

"대다수가 떠났으니까요. 남은 사람이라 봐야 백 명도 되지 않습니다. 그나마 사람이 다니는 낮에는 조금 낫습니다만 밤이면 귀신이라도 나올까 겁날 지경입니다."

"그럴 수도 있겠군."

당고후를 비롯한 모든 이들이 고개를 끄덕였다. 그만큼 마을의 풍경은 을씨년스러웠다.

"갈 길이 바쁩니다. 조금 서둘러 주십시오."

얘기가 길어진다 싶은 당초성이 서둘러 말을 잘랐다.

"예, 잠시만 기다려 주십시오. 최대한 빨리 준비하겠습니다."

황급히 허리를 숙이는 주인사내. 일 년 동안 맞을 손님을 하루 만에 맞게 된 그의 입은 귀에 걸릴 지경이었다.

그런데 대답을 한 사내가 향하는 곳은 주방이 아니라 바깥 문이었다. 질문을 던지기도 전에 설명을 했다.

"마누라가 옆집에 놀러 간 바람에… 금방 데리고 오겠습니다."

민망한 표정으로 뒷머리를 두어 번 긁은 주인사내가 황급히 문을 박차고 달려갔다.

잠시 후, 서둘러 나갔던 주인이 들어오고 그의 뒤에 땀을 뻘뻘 흘리고 있는 여인이 보였다.

주인사내와 여인이 주방으로 들어가고 얼마 후, 우선 분주와 간단한 안주가 나오더니 곧이어 김이 모락모락 피어나는 소면이 나오기 시작했다.

만두는 조금 더 시간이 걸렸는데, 만두에 들어간 돼지고기를 확실하게 익혀야 하기 때문에 오래 걸린다는 해명 아닌 해명을 들어야 했다.

어쨌거나 좋았다.

비록 흔하디흔한 소면일지라도 급하게 삶아서 그런 것인지 아니면 양이 많아서 그런 것인지 사람마다 면발의 맛과 상태가 달랐지만 상관없었다. 이틀 만에 제대로 된 음식을 먹는다는 기쁨은 모든 것을 상쇄하고도 남았다.

도극성 일행이 게 눈 감추듯 소면을 해치울 때였다.

왁자지껄하는 소리와 함께 주렴이 흔들리며 몇몇 사람이 모습을 보였다.

옷에 진흙이 잔뜩 묻고 농기구 하나씩을 짊어지고 있는 것을 보면 농사를 지으며 폐허로 변해 버린 고향을 지키고 있다는 마을 사람들인 모양이었다.

그들의 얼굴에 걸렸던 미소는 실내에 들어서기가 무섭게 사라졌다.

낯선 사내들이 한 무더기로 모여 있는 것도 그랬고 저마다 무기까지 들었으니 그럴 만도 했다.

안으로 들어서지도 그렇다고 밖으로 물러나지도 못하고 있을 때 때마침 주방에서 먹음직한 오리구이를 들고 나오던 주인사내가 깜짝 놀라며 달려왔다.

"곽기(郭旗) 자네가 어쩐 일로……?"

어둠 속에 내린 한줄기 빛과 같은 부름에 다들 구원의 눈빛으로 주인사내를 응시했다.

"함께 해야 할 일이 있다더니만 벌써 끝난 것인가?"

"그, 그렇다네. 해서 오랜만에 가볍게 한잔하려 왔는데……."

곽기라 불린 사내가 당가의 식솔들을 힐끗거리며 대답했다.

"이거 미안해서 어쩌지. 보다시피 지금은 손님들로 꽉 차서."

그렇진 않았다.

도극성을 포함한 당가의 인원은 총 삼십오 명.

적지 않은 인원이었지만 주루의 실내는 그들을 충분히 수용하고도 남음이 있었다.

낡고 비틀거릴망정 곳곳에 텅 빈 탁자가 눈에 띄었다. 하지만 그 틈을 비집고 들어갈 만큼 간담이 좋은 사람이 없다는 것이 문제였다.

"다, 다음에 하지 뭐. 그만 일보게."

곽기라 불린 사내는 자리가 없다는 말에 천만다행이란 표정을 지으며 황급히 몸을 돌리려 했다.

"저희들 때문이라면 굳이 그러실 필요 없습니다. 자리도 많은데 이리 앉으시지요."

당초성이 빈 탁자를 가리키며 말했다.

"괘, 괜찮습니다."

"부담 갖지 마시고 앉으시지요. 저희들은 요기를 거의 끝냈습니다. 곧 일어날 것이니 신경 쓰지 마십시오. 이보시오, 주인장."

"예, 공자님."

"이분들께 자리를 안내하시구려. 그리고 평소에 즐겨 드시는 술과 안주를 내오시오. 값은 내가 치르는 것으로 하겠소."

"아, 알겠습니다."

안색을 활짝 편 주인사내가 곽기 등에게 눈짓을 했다.

"뭣들 하나, 공자님께 감사의 인사를 드리지 않고?"
"그, 그렇지."
그제야 황급히 허리를 꺾으며 인사를 하는 사람들.
당초성 역시 그들에게 가볍게 예를 표하고 묵묵히 마저 남은 음식을 먹기 시작했다.
마을 친구들을 자리에 앉힌 주인사내가 손에 들고 있다 미처 내려놓지 못한 오리구이를 당고후 등이 앉은 자리에 내려놓았다.
"오리구이는 시킨 적이 없는데?"
당고후가 젓가락으로 오리구이를 쿡 찔러보며 말했다.
"이건 제가 감사의 인사로 드리는 겁니다. 워낙 급히 구워서 제대로 맛이 날는지는 모르겠지만 한번 드셔보시지요."
"그래? 값은 이따 치르기로 하고 기왕 내왔으니 성의를 봐서 일단 먹어볼까?"
당고후는 식솔들의 원망 섞인 시선에는 티끌만큼의 신경도 쓰지 않고 노릇하게 구워진 다리 하나를 쭉 찢어 입으로 가져갔다.
"맛이 괜찮군."
당고후가 건넨 날갯죽지를 기분 좋게 뜯고 있던 도극성도 맞장구를 쳤다.
"그러게요. 양념도 제대로 뱄고 화기를 제대로 조절했는지 아주 골고루 먹기 좋게 구워졌네요."

그들의 만족한 칭찬에 주인사내 또한 기분이 좋은 듯했다.
"마음에 드신다니 다행입니다."
"훗, 나도 다행이라고 생각합니다. 특히 음식에 장난을 치지 않아서 마음에 들어요. 소면이나 만두는 몰라도 최소한 이것엔 독이라도 풀었을 줄 알았는데 말이지요."
도극성이 어느샌가 사분오열된 오리구이를 툭툭 건드리며 말했다.
"무, 무슨 말씀이신지?"
주인사내가 당황한 빛을 보이자 도극성이 피식 웃음을 터뜨렸다. 말투도 바뀌었다.
"연기가 제법이군. 누가 보면 진짜인 줄 알겠어. 이제 그만하지."
"연… 기라니요? 대체 무슨 말씀을 하시는지 모르겠습니다."
"그래? 그럼 한 가지만 묻지."
손에 묻은 기름기를 탁자에 쓱쓱 문지르던 도극성이 싸늘히 말했다.
"너는 누구냐?"
"예? 누구라니요? 저는 이 주루의……."
주인사내가 영문을 몰라 우물쭈물했다.
영문을 모르기는 당고후 등도 마찬가지였다.
하나, 도극성이 그런 행동을 하는 것엔 그만한 이유가 있으리란 생각에 침묵을 지켰다.
 "주인이니 하는 잡소리는 말고, 정확하게 정체가 뭐냔 말이다."
 "무, 무슨 말씀을 하시는 것인지 도통 이해를 할 수가 없습니다. 제가 잘못한 것이라도 있는지요?"
 주인사내는 거의 울 듯한 표정을 지으며 두 손을 모았다. 그러자 도극성이 탁자 위에 놓인 젓가락 하나를 집어 들었다.
 "사실 물을 것도 없지. 이미 알고 있거든."
 입꼬리를 흘리며 말을 잇던 도극성이 손목을 까딱이자 손에 들린 젓가락이 맹렬한 속도로 주인사내의 미간을 파고들었다.
 절체절명의 순간, 그때까지 비굴한 표정을 짓고 있던 사내의 신형이 꺼지듯 사라지고 젓가락은 텅 빈 허공을 가르며 맞은편 바닥에 깊게 박혔다.
 "재빠르군."
 그런 결과를 예상한 듯 입안에 분주를 털어 넣으며 미소 짓는 도극성의 시선은 이미 이층 난간으로 뛰어올라 간 주인사내를 뒤쫓고 있었다.
 "쯧쯧, 웬만하면 참아보지 그랬어. 젓가락이 그대의 이마에 박히는 일은 결코 없었을 텐데 말이야."
 "……."
 난간에 기대어 놀란 가슴을 쓸어내리던 사내는 아무런 말도 할 수가 없었다.

"놀라셨습니까? 하지만 제 예상이 맞았지요?"

도극성의 시선은 당고후와 당초성에 향해 있었다.

주인사내를 심문할 때 도극성은 그들에게 전음을 보내 간략하게 설명을 한 터였다.

"자네 말을 믿지 못한 것은 아니었지만 사실로 드러나니 조금은 놀랍군."

"한데 자넨 어찌 알았나? 솔직히 전음을 들으면서도 그다지 이상한 점을 찾지 못했는데."

당초성이 놀란 눈으로 물었다.

"이유야 많지요. 첫째로 주방에서 들려온 칼 소리였습니다."

"칼 소리가 왜?"

"꽤나 규칙적인 것이 놀랍기는 하였으나 웬만한 요리사라면 그 정도는 하지 않나?"

"그냥 요리를 잘하는 것과는 조금 다릅니다. 빠르지만 너무도 일정하게 들려오는 소리, 호흡과 일치되는 손놀림이야 그러려니 하겠지만 그 소리에 담겨 제게 전해지는 살기는 보통이 아니었습니다."

"그걸 느꼈다는 말인가?"

당고후가 깜짝 놀라 되물었다.

살수라면 자신의 기척을 완벽하게 감추는 훈련을 했을 터.

그럼에도 불구하고 그것을 잡아내는 도극성의 감각은 실로 놀라웠다.

"최대한 감추려고 노력하는 것 같았지만 뭐, 눈치 채지 못할 정도는 아니었지요."

도극성이 아무것도 아니라는 듯 어깨를 으쓱거렸다.

"둘째는 주방에 있던 여인 때문입니다. 아, 시기상으론 첫 번째라고 해도 되겠군요."

"그녀가 왜?"

당고후가 궁금함을 참지 못하고 물었다.

"아까 그녀가 다급히 주방에 들어갈 때 그녀의 얼굴은 땀으로 흠뻑 젖어 있었습니다. 날이 덥기도 하고 또 급하게 달려오느라 땀이 흐른 모양인데……."

"그 땀이 왜?"

"땀이 아니었거든요."

"잉? 그건 또 무슨 소린가?"

"모든 사람들은 자신의 고유한 체취를 지니고 있듯 땀에서도 고유한 냄새가 있습니다. 뭐, 비슷하기는 해도 구별하지 못할 정도는 아니지요. 하지만 그녀에게선 땀 냄새가 조금도 나지 않았습니다. 그렇게 땀을 흘리면서도요."

"땀 냄새가 나지 않았다?"

당고후가 어이가 없다는 표정으로 바라보다 당초성에 물었다.

"너도 땀 냄새를 구별할 수 있더냐?"

당초성이 고개를 흔들었다.

"그럴 리가요. 찌든 냄새라면 모를까요. 게다가 여인은 이쪽으로 오지도 않았습니다."

당초성은 마치 그것을 알아낸 도극성이 괴물이라는 듯 괴이한 표정을 지었다.

"제 코가 조금 예민하지요."

빙긋 웃어넘긴 도극성이 말을 이었다.

"셋째는 바로 저들의 등장입니다."

도극성이 가리킨 사람은 어찌 돌아가는 상황인지 모르고 숨죽이고 앉아 있는 곽기 일행이었다.

"저들은 또 왜?"

"옷에 묻은 흙, 적당히 태운 살결, 거칠고 갈라진 피부. 농부의 행색으로야 손색이 없지만 한 가지 간과한 것이 있습니다."

"그것이 무엇인가?"

"치아요."

"치… 아?"

"아주 고르고 깨끗하다고는 말할 수 없지만 이런 시골 사람들이 지닐 수 있는 치아는 아니었지요. 치아만큼 관리하기 어려운 것도 없습니다. 도시에서도 그럴 정도인데 시골에서야 두말할 나위가 없지요."

"그건 조금 억지 같은데……."

당고후가 쓴웃음을 짓자 도극성이 고개를 끄덕였다.

"뭐, 그럴 수도요. 하지만 저들이 앉은 자리를 보십시오."

당고후와 당초성은 물론이고 잔뜩 촉각을 세우고 있던 이들의 시선이 두 개의 탁자에 나누어 앉은 곽기 등에게 향했다.

"누가 훔쳐 갈 사람도 없는데 저렇듯 농기구를 지니고 있을 필요가 있을까요? 밥 먹는 자리에. 심지어는 탁자 위에다가도 올려놓았군요."

도극성의 말이 끝나기도 전에 탁자 위에 올려놓은 낫을 슬그머니 내리는 자의 모습이 보였다.

"가만히 보면 저마다 놓여 있는 위치도 좋군요. 마음만 먹으면 최단시간에 사용할 수 있도록 말이지요. 뭐, 삽을 무기로 쓰기는 뭐하니 손잡이 밑으로는 다른 물건이 있으려나?"

도극성의 지나가는 말투에 곽기의 인상이 일그러졌다.

"또한 저들에게서 피 냄새가 나거든요. 언젠가 맡아보았던 아주 기분 나쁜 냄새. 가만있어 보자, 그 종자들이 뭐라더라? 아, 스스로를 숙살단이라고 부르더군요."

곽기 일행을 바라보는 도극성의 얼굴에 진하디진한 미소가 흘렀다.

"설마 그 이름도 모른다고는 하지 않겠지?"

순간, 곽기가 번개같이 움직이며 소리쳤다.

"쳐랏!"

도극성의 예상대로 곽기가 들고 있던 삽은 예사 삽이 아니었다.

그가 도극성을 공격했을 때, 도극성의 면전에 모습을 보인 것은 삽이 아니라 보는 것만으로도 오금이 저릴 정도로 잘 벼려진 검이었다.

검날이 핏빛으로 물든 것을 보면 수많은 이의 피를 머금은 검이 분명했다.

곽기의 명에 따라 농부로 변장하고 있던 숙살일대의 살수들이 일제히 본모습을 드러냈다. 그리곤 오직 도극성 한 명을 노리며 달려들었다.

도극성은 굳이 움직일 필요를 느끼지 못했다.

그들이 자신에게 접근하기도 전에 외마디 비명을 지르며 비틀거렸기 때문이다.

핏발 선 눈빛, 부들부들 떨리는 입술은 자줏빛으로 물들었고 야수처럼 일그러진 얼굴은 고통으로 물들어 있었다.

"어, 언제……!"

무기를 들고 있을 힘도 없었는지 검을 아무렇게나 팽개친 곽기가 목을 부여잡고 소리쳤다.

당고후가 조금씩 무너져 내리는 곽기를 바라보며 차갑게 말했다.

"네놈은 눈앞에 있는 우리가 누구라고 생각한 것이냐?"

"다, 당가……. 그렇… 군."

일보탈혼(一步奪魂) 73

그 한마디면 충분했다.

정체가 밝혀진 순간, 죽음은 준비된 것이나 마찬가지였다.

곽기의 목이 힘없이 꺾였다.

"이것 참, 무서운 독이군요."

당고후가 독을 풀었다는 것을 알고는 있었지만 그래도 혹시 몰라 공격에 대비했던 도극성이 칠공에서 피를 흘리며 온몸이 뒤틀려 죽은 살수들의 모습에 고개를 절레절레 흔들었다.

"일보탈혼(一步奪魂)이라는 독이다. 한번 흡입하게 되면 일보를 떼기 전에 저 꼴이 된다 하여 붙여진 이름이지."

설명을 하는 당고후의 음성엔 자부심이 가득했다.

그 자부심이 당연할 만큼 일보탈혼의 위력은 인상적이었다.

"어쨌든 이쪽은 이리 정리가 되었고……."

도극성이 고개를 돌리자 곽기 등이 움직이는 것과 동시에 주방으로 뛰어들었던 이들이 낭패한 표정으로 나왔다.

"계집은 도망쳤습니다."

"멍청한!"

당고후가 역정을 내자 도극성이 그들을 두둔하고 나섰다.

"상관없습니다. 어차피 또 만나게 되어 있으니까요."

"또 만나다니?"

당고후가 의아해하자 도극성이 천천히 고개를 들어 주인

사내가 도망친 이층을 바라보며 말했다.

"제가 놈들이 살수라는 것을 알게 된 네 번째이자 가장 결정적인 이유를 말씀드리지요. 바로 저 친구가 알려주었기 때문입니다."

그곳엔 어느샌가 이층으로 도망을 쳤던 주인사내의 목을 베어버린 풍인이 조용히 서 있었다.

"저자는……."

어딘가 낯이 익다는 생각에 고개를 갸웃거리던 당고후가 복우산의 일을 기억해 내곤 탄성을 내질렀다.

"그때 묵혈을 보필하던 그 살수."

"풍인이라고 합니다."

이층에서 내려온 풍인이 정중히 예를 차렸다.

"그럼 지금의 상황이……."

비로소 상황을 이해한 당초성이 풍인과 도극성의 얼굴을 번갈아 보았다.

"예. 그렇잖아도 조금 의심을 하고 있었는데 이 친구가 정확하게 저들의 정체를 알려주더군요."

"고마운 일이로군. 그런데 자넨 저들이 살수라는 것을 어찌 알았나?"

당고후의 물음에 풍인이 살수와는 어울리지 않는 미소를 지으며 대답했다.

"미리 와 있었으니까요."

"미리… 와 있었다?"

"예. 저들이 도 공자님을 노린다는 소식을 전해 듣고 중요한 길목마다 모두 감시를 붙여두었습니다. 저희들이 미처 생각하지 못한 곳도 있겠지만 십 중 구 저희 이목을 피할 수는 없을 겁니다. 숙살단의 생각을 가장 잘 아는 사람이 바로 저희들이니까요."

살수만큼 살수의 생리를 잘 알 수 있는 사람은 없는 법. 게다가 초혼살루는 그 계통에서 독보적인 존재들이었다. 풍인은 십 중 구라고 했지만 십 중 십이라 해도 과언이 아닐 것이다.

"그 녀석도 와 있나?"

루주에게 '그 녀석'이라는 표현을 쓴다는 것이 조금 거슬렸지만 다른 사람도 아니고 루주의 유일한 친구였다.

풍인은 조금도 개의치 않고 빙긋 웃었다.

"숙살단주 곁에 계실 겁니다."

第五十章

남궁세가(南宮世家)

호남의 남부, 상강 하류에 위치한 남궁세가.

암흑마교의 공격이 임박한 지금, 무림 최고의 무가(武家)는 깊은 정적에 싸여 있었다.

의검전(義劍殿).

남궁세가의 모든 대소사를 결정하는 의검전의 분위기는 상당히 무거웠다. 남궁세가를 움직이는 수뇌들이 한데 모여 있었으나 들리는 소리는 한숨뿐이었다.

"언제쯤으로 보고 있느냐?"

불편한 침묵을 깨고 입을 연 사람은 남궁세가의 당대 가주 신검무적(神劍無敵) 남궁격(南宮擊)이었다.

칠순의 나이에도 젊은이 못지않은 체력과 열정을 자랑하는 그의 눈은 고요하면서도 활화산 같은 힘을 품고 있었다.

"놈들의 움직임이 조금 이상합니다."

집의당주(集意堂主) 남궁초(南宮硝)가 신중한 표정으로 입을 열었다.

"뭐가 말이냐?"

"현재 암흑마교의 주력이라 할 수 있는 흑암전단은 본가와 빠르면 반나절, 늦어도 하루면 도착할 수 있는 거리까지 접근했습니다. 한데 형산파를 무너뜨리고 노도처럼 밀려들던 기세는 어디 갔는지 너무 조용합니다."

"너무 조용하다?"

"예, 일절 움직임이 없습니다."

"휴식을 주기 위함이더냐?"

"그럴 수도 있겠지만 판단컨대 그것은 아닌 것 같습니다. 그들이 진을 친 지 사흘째입니다. 휴식을 취하는 시간이라 보기엔 너무 깁니다."

"흠, 당연히 움직였어야 할 자들이 침묵을 지킨다? 분명 이유가 있겠군."

"그렇습니다."

"집의당에선 어찌 판단하고 있느냐?"

"모든 인원을 동원하여 놈들의 동태를 파악하고 있지만 아직 별다른 이유를 찾지는 못하고 있습니다. 다만 그들만으로는 본가와 대적하는 것이 힘들다고 판단하고 전력의 보강을 기다리고 있는 것은 아닌가 하는 생각을 하고 있습니다."

"흑영전단인가 뭔가 하는 놈들을 말함이더냐?"

"예, 현재까지는 그렇게 파악하고 있습니다."

"흠."

고개를 끄덕이기는 했지만 남궁격은 뭔가 미진한 느낌을 지울 수가 없었다.

"자넨 어찌 생각하는가?"

남궁격이 남궁세가의 식솔이 아니면서도 유일하게 회의에 참석하고 있는 친우 묵죽신개에게 물었다.

"글쎄, 분명 꿍꿍이속이 있겠지. 단지 우리가 그것을 모르고 있을 뿐이고. 하지만 현재 상황에선 놈들이 흑영전단을 기다리고 있다는 말이 가장 정확할 것 같군."

"그들은 언제 도착할 것 같은가?"

"개방의 판단은 이틀 후라네."

"이틀이라……"

남궁격이 가만히 눈을 감았다.

"그래도 준비는 철저하게 하고 있어야 할 게야. 말이 이틀이지 워낙 음흉한 놈들이라 그 사이에 무슨 짓을 벌일지 모르거든. 안심을 하고 있다간 난데없이 들이닥치는 놈들의 얼굴을 볼 수 있을지도 모르지. 하니 잠시 잠깐이라도 긴장의 끈을 놓쳐서는 안 될 것이야."

말이 끝날 즈음 그의 시선은 남궁초에게 향해 있었다.

"물론입니다. 현재 본가를 중심으로 주변 사방 이백 리 내에선 개미새끼 한 마리의 동향마저도 완벽하게 파악하고 있습니다."

"츱, 그런 자신감이 자만으로 변하고 돌이킬 수 없는 치명적인 허점으로 변하지. 큰소리를 치기보다는 행동으로 믿음을 보여라."

남궁격이 못마땅한 표정으로 그를 질책하자 남궁초는 감히 얼굴을 들지 못했다.

"며, 명심하겠습니다."

"우리를 돕기 위해 온다는 대정련과 팽가, 악가 형제들의 소식은 있더냐?"

"예, 대정련은 이미 동정호를 지나 태원(台元)에 도착했습니다. 늦어도 이틀 이내면 도착할 것 같고, 팽가는 양림(陽林)에, 악가는 그들보다 조금 뒤에 있는 것으로 압니다. 거리상으로 사흘 이내입니다. 아, 그리고 사천당가에서도 당고후 장로께서 당가의 정예를 이끌고 오고 계십니다."

"허! 당가에서? 실로 고마운 일이구나. 당가가 어떤 지경인지 뻔히 알고 있거늘."

당가가 겪은 환란은 이미 무림에서 유명한 일이었다. 그런 상황에서 남궁세가를 돕기 위해 움직인다는 것이 얼마나 힘들고 고마운 결단인지 모르지 않았다.

"진정한 친구란 이런 것이지. 힘들고 어려울 때 목숨을 걸고 도와주는. 너희들은 당가가 본가에 보여준 호의를 결코 잊어선 안 될 것이다."

"예, 가주님."

"그놈도 오고 있다고 했지?"

묵죽신개가 말하는 그놈이 누구인지 이해하지 못한 남궁초가 고개를 갸웃거리자 묵죽신개가 다그쳐 물었다.

"도극성 말이다. 이번에 당가를 구해낸 녀석."

"아, 예. 운룡기협도 함께 움직이고 있는 것으로 압니다."

"운룡기협은 무슨, 어른 무서운 줄 모르고 천방지축 까부는, 능글맞기가 그지없는 녀석이지."

험담을 하면서도 묵죽신개의 입가에 미소가 걸려 있었다.

"한데 어디까지 왔다더냐?"

"답평을 지났다고 했으니 오늘 밤이면 도착할 것 같습니다."

"호오~ 제법 서둘렀군."

묵죽신개는 오랜만에 도극성을 만날 생각을 하니 기분이 좋은 듯했다.

"아무튼 다들 고마운 사람들이다. 본가를 돕기 위해 그 큰 위험을 감수하고 머나먼 길을 불철주야 달려와 주니."

남궁격의 탄성 어린 음성엔 그들에 대한 진실한 감사의 마음이 깃들어 있었다.

"하지만 솔직히 대정련의 행보는 마음에 들지 않습니다."

성격이 괄괄하기로 남궁세가에서 둘째가라면 서러워한다는 용검당주(龍劍堂主) 남궁패(南宮覇)의 음성에 남궁격의 얼굴이 살짝 찌푸려졌다.

"구중천이 암흑마교의 위장이라는 것이 밝혀지고 사도천과 수라검문이 허무하게 무너지는 동안 대정련은 대체 무엇을 했는지 모르겠습니다. 그들이 주저하는 사이 무수히 많은 문파가 멸문지화를 당하고 말았습니다. 뒤늦게 본가를 지원한다고 나서기는 하지만 솔직히 반갑지만은 않습니다."

"그만 해라."

남궁세가의 장자로서 당연히 차기 가주로 내정된 정검당주(正劍堂主) 남궁건(南宮健)이 묵죽신개의 눈치를 살피며 그를 만류하려고 하였지만 남궁패는 아랑곳하지 않았다.

"지금도 본가가 무너지면 얻는 것보다 잃는 것이 많아서 어쩔 수 없이 지원하는 것 아니겠습니까, 형님?"

"말이 심하다."

남궁건이 언성을 높이며 남궁패를 질책하자 도리어 묵죽신개가 남궁패의 말에 맞장구를 치기 시작했다.

"당연한 말을 하는데 왜 그러느냐? 나도 저 녀석 말에 동감이다. 대정련이라고 이름만 거창했지 하는 짓은 영 마음에 안 들어. 암흑마교가 심어놓은 간자들 때문에 많이 휘둘렸다고는 하지만 그래도 뭣들 하는 짓인지. 에잉."

"어쨌건 도와주러 오고 있지 않나? 지난 행태야 어찌 되었든 우린 그것만으로도 충분하다네."

담담히 내뱉는 말과는 달리 남궁격의 표정이나 음성은 어딘지 모르게 쓸쓸했다.

* * *

뽀얀 흙먼지를 일으키며 평원을 가르는 사람들이 있었다.

숫자는 대략 칠십여 명.

하나같이 건장한 체구에 형형하게 빛나는 안광을 뿜어내는 그들의 어깨엔 그들을 상징하는 장창이 메어져 있었다.

칠백여 년의 역사를 자랑하는 산동의 패자 산동악가가 남궁세가를 돕기 위해 움직인 것이었다.

"이곳에서 잠시 쉬도록 한다!"

가장 앞서 움직이던 중년인이 이마에 흐르는 땀을 닦으며 소리쳤다.

일행에 세가의 원로 악돈(岳敦)과 그에 버금가는 어른들이 몇 있었지만 사실상 그들을 지휘하는 이는 현 가주 악문비(岳雯飛)의 동생 악풍(岳風)이었다.

악풍의 말에 힘겹게 걸음을 옮기던 악가의 무인들이 저마다 쉴 곳을 찾아 흩어졌다. 그러면서도 사방에 대한 경계를 게을리하지 않으니 힘들고 지친 상황에서도 실로 명가의 풍

모를 보여주고 있었다.

"후~ 덥구나."

악돈이 악풍의 곁으로 다가오며 말했다.

"괜찮으십니까, 당숙?"

"나야 버틸 만하다만 저 아이들이 걱정이다. 힘든 내색 없이 지금까지는 잘 버텨주었지만 무리를 하긴 했어."

악돈이 가만히 휴식을 취하는 이들을 바라보며 말했다.

"예, 저도 걱정입니다."

유난히 더운 날씨와 싸우며 이동한 지 벌써 보름.

해가 서산마루에 걸렸음에도 더위는 식을 줄 몰랐다.

한서불침(寒暑不侵)의 경지에 이른 그들마저 땀을 흘릴 정도였으니 그들을 따르는 이들이 얼마나 지쳤을지는 굳이 말로 할 필요가 없었다.

"그래도 상황이 상황이니만큼 어쩔 수 없지요. 남궁세가에선 저희들이 오기를 눈이 빠져라 기다리고 있을 겁니다."

말을 하는 악풍의 표정이 우스웠는지 가볍게 웃음을 터뜨린 악돈이 웃옷을 살짝 풀어헤치며 물었다.

"팽가와 연락을 취한다더니 어찌 되었느냐?"

"노곡현에서 합류하기로 하였습니다."

"노곡… 현이라면?"

"구산(龜山)을 끼고 양림과 마주한 곳이 있지 않습니까?"

"아, 그렇지. 한데 노곡현이라면 조금 서둘러야겠구나. 해도 금방 떨어질 것 같고."

"예."

별다른 휴식도 없이 계속해서 강행군을 시켜야 하는 점이 못내 마음에 걸렸는지 슬쩍 주변을 돌아보는 악풍의 입에서 짧은 한숨이 흘러나왔다.

그의 마음을 읽은 악돈이 어깨를 가볍게 두드리며 말했다.

"다들 지금 상황이 얼마나 급박하게 돌아가고 있는지 알고 있으니 너무 신경 쓰지 말거라."

"예."

"정 미안하면 노곡현에서 팽가와 합류한 후 조금 쉬는 것이 어떻겠느냐? 팽가도 우리와 같은 상황일 게다. 급하긴 해도 그 정도의 시간은 있을 것이야."

"아무래도 그래야 할 것 같습니다."

바로 그때였다.

그들이 쉬고 있는 곳에서 정확히 십여 장 떨어진 바위 위에 어느새 나타났는지 사이한 미소를 지으며 서 있는 사내가 광소를 터뜨렸다.

"크흐흐흐! 과연 그럴 수 있을까?"

"누구냐?"

번개처럼 일어선 악풍의 손엔 이미 장창이 들려 있었다.

"잠시 후면 다들 먼 길을 떠나야 할 듯싶어서 조금 더 쉬게 해주려고 했지만 도저히 지루해서 안 되겠다."

"누구냐고 물었다."

악풍이 하늘마저 단숨에 꿰뚫어 버릴 듯한 기세를 뿜어내고 있는 창을 사내에게 겨누며 소리쳤다.

"누구냐고? 네놈들이 오기를 무려 이틀 밤낮을 기다린 사람들이지."

악풍의 안색이 차갑게 굳었다.

느껴지는 바가 있었다. 굳이 알려고 하지 않아도 지금 이 상황에서 자신들의 앞을 막을 상대는 오직 하나뿐이었다.

"암흑마교냐?"

"흑검전단 일대주 만승검(萬勝劍) 공리후(公里侯)가 바로 나다."

공리후가 가슴을 탕탕 치며 말했다. 그러자 악돈이 일고의 가치가 없다는 듯 비웃음을 흘렸다.

"스스로의 별호에 자부심을 가지다니 한심한 놈이로군. 그래, 뒷골목 무뢰배를 베고 얻은 별호더냐?"

나름 격장지계를 쓴다고 한 말이었지만 공리후는 조금도 개의치 않았다.

"뒷골목 무뢰배인지 아니면 이름 높은 산동의 떨거지인지 두고 보면 알게 될 것이다. 얘들아!"

공리후가 검을 치켜들자 그의 뒤로 은신해 있던 흑검일대의 모습이 보였다.

공리후는 물론이고 흑검일대는 하나같이 먹물만큼이나 검

은 검신에 핏물을 들인 헝겊으로 손잡이를 칭칭 동여맨 검을 들고 있었는데, 그 이질적인 색감은 보는 이로 하여금 두려움을 느끼도록 만들기에 충분했다.

"피의 축제를 벌여보자꾸나."

"와아아아!"

"죽여라!"

공리후의 외침과 함께 일제히 함성을 내지른 흑검일대가 폭풍과 같은 기세로 내달리기 시작했다.

"두려워하지 마라. 우리를 막을 자는 아무도 없었다. 어차피 싸워야 하는 놈들. 이곳에서 서전을 승리로 장식하자."

악풍이 거의 일 장에 달하는 장창을 빙글빙글 돌리며 기세를 올린 뒤 자신에게 달려드는 적의 목을 단숨에 날려 버렸다. 그리곤 적의 우두머리라 할 수 있는 공리후를 향해 창끝을 세웠다.

"네놈의 목은 내 것이다."

* * *

"크아악!"

"으악!"

피가 튀고 살이 튀고 비명이 난무한다.

맹렬히 부딪치는 병장기들이 내는 충돌음과 상대를 죽이

기 위해 내지르는 거친 함성이 천지를 뒤흔들었다.

붉디붉은 선혈이 흩날리는 버들잎과 더불어 사방으로 비산했다.

족히 백여 명도 넘는 인원이 쓰러진 비류평(飛柳坪).

개울을 끼고 형성된 들판에 버드나무가 드넓게 분포하여 제법 그럴듯한 그림을 자아내던 장소는 이미 한 폭의 지옥도를 연상케 했다. 하지만 그토록 많은 인원이 목숨을 잃고 쓰러졌음에도 싸움은 멈출 기미를 보이지 않았다.

개전 이후 반 시진이 흘렀다.

한데도 살아남았다는 것은 그만큼 고수들이라는 것.

그들의 싸움은 이전의 싸움보다 더욱 치열하고 살벌했으며 처절했다.

"아버님."

얼굴에 두 개의 상흔, 가슴 어귀에도 깊은 부상을 당한 청년, 팽가의 후기지수 중 발군이라는 팽엽(彭燁)이 거친 호흡을 진정시키며 팽사우(彭師友)에게 달려왔다.

팽엽에 비할 바는 아니나 팽사우 역시 상당한 부상을 당한 상태였는데 팽가를 이끌고 온 고수답게 그는 엄청난 무공으로 그에게 덤벼드는 흑검이대 대원을 십여 명이 넘게 주살했다.

"이대로는 안 됩니다. 뭔가 대책을 세워야 합니다."

"대책이 있겠느냐? 우리는 이미 포위를 당한 상태다. 지금은 그저 팽가의 무혼을 보여주는 것만이 최선일 뿐."

단호히 말하기는 했으나 팽사우는 씁쓸함을 감추지 못했다.

암흑마교 흑검이대의 전격적인 기습으로 이루어진 싸움으로 벌써 육십 명이 넘는 인원이 목숨을 잃었다. 팽가에서 출발한 인원이 구십이 조금 못 되었으니 전력의 삼분지 이 이상이 반 시진 만에 날아간 것이었다.

"두 배도 넘는 적과 이만큼 싸웠으면 누구도 본가를 우습게 보지 못할 것입니다. 이제는 물러날 때입니다."

"물러난다? 어디로 물러난단 말이냐? 퇴로까지 차단된 마당에."

"포위망이 공고하긴 해도 완전히 포기할 정도는 아닙니다. 조금 전 삼숙의 활약으로 서남방의 포위망이 거의 뚫렸습니다. 그곳으로 병력을 집중하면 분명히 활로가 보일 것입니다."

"음."

셋째 동생이 결국 죽음을 당했다는 것을 알고 있었지만 동생의 죽음을 애도할 시간 따위는 없었다.

"일단 제가 길을 뚫겠습니다."

"혼자 말이냐?"

"두 분의 당숙께서 도와주실 겁니다."

팽엽이 적과 팽팽히 대적을 하면서 조금씩 서남방으로 방향을 틀고 있는 두 중년인을 가리키며 말했다. 아마도 그들과는 이미 말을 끝낸 모양이었다.

사실 끝까지 팽가의 무혼을 보여주자고 했지만 그것의 결과는 결국 몰살이었다. 그것이 얼마나 무의미하고 무책임한 것이지 잘 알고 있는 팽사우는 팽엽의 말에 일말의 가능성을 보고는 결국 고개를 끄덕였다.

"알았다. 뒤는 내가 맡으마."
"무사하셔야 합니다."
"걱정하지 마라. 나, 팽사우다."
팽사우의 말에 팽엽이 살짝 미소 지었다.
"저는 팽엽입니다."

* * *

"뭣이라! 그게 무슨 소리냐? 잘못 파악하다니?"
흑검전단주 건위(乾慰)가 불같이 화를 내자 흑검삼대주 귀무상(龜霧像)이 벌겋게 상기된 얼굴로 연신 머리를 조아렸다.
"죄, 죄송합니다."
"이게 죄송하다는 말로 끝낼 일이냐?"
건위는 당장에라도 목숨을 끊어버릴 기세로 살기를 드높였다.
"무슨 일이냐?"

느긋하게 술을 마시다가 난데없는 호통 소리에 달려나온 호법 추망(秋網)의 물음에 건위는 낭패한 표정을 지었다.

"무슨 일이냐니까?"

추망과 어깨를 나란히 한 포정정(蒲淨淨)이 신경질적으로 소리쳤다.

"그, 그게… 대정련의 움직임을 놓쳤다고 합니다."

순간, 포정정의 눈에서 조금 전 건위가 귀무상에게 보여준 것과 같은 살기가 뿜어져 나왔다.

"대… 정련을 놓쳐? 그게 무슨 소리냐?"

"조금 전만 하더라도 반나절 거리에서 뒤쫓고 있다고 하지 않았느냐?"

추망이 재차 물었다.

"지금도 반나절 거리에 있기는 있습니다. 그런데……."

건위는 차마 말을 잇지 못했다.

답답함을 참지 못한 추망이 버럭 소리를 질렀다.

"답답하다. 알아듣게 설명을 해야 할 것 아니더냐!"

"반나절 거리에 우리가 쫓는 놈들이 주둔하고 있기는 하지만… 그들이 대정련의 무인이 아니라고 합니다."

"대정련의 무인이 아니… 다?"

추망이 고개를 갸웃거릴 찰나 포정정이 안색을 딱딱하게 굳히며 물었다.

"설마하니 우리가 지금까지 전혀 엉뚱한 놈들을 쫓고 있었더란 말이냐? 설마 그런 것이냐?"

"송구합니다."

건위는 부끄러움에 고개를 떨어뜨리고 말았다.

"머저리 같은 놈!"

포정정은 치미는 화를 참지 못하고 출수를 했다.

"큭!"

주먹에 가슴팍을 맞은 건위가 짧은 비명과 함께 비틀거렸다. 포정정이 온 힘을 쏟은 것은 아니지만 큰 부상을 입기에 충분한 주먹이었다. 필사적으로 버텨 간신히 쓰러지는 것은 면했지만 건위의 입가엔 핏물이 묻어 있었다.

"후~ 어찌 된 일인지 설명을 해보거라."

그래도 명색이 흑검전단의 단주였다. 그 지위가 자신에 못지않음을 인식한 포정정이 자신의 손속이 조금은 지나쳤다는 생각을 하며 화를 누그러뜨렸다.

"지난밤 놈들의 진영에 수하 하나를 침투시켰습니다. 한데 그 녀석의 보고에 따르면……"

"우리가 대정련의 지원군이라 생각한 놈들이 대정련의 지원군이 아니다?"

"예."

"하면 뭣 하는 놈들이란 말이더냐?"

"몇몇 구파일방의 제자들도 보였지만 대다수는 개방의 제자들이 변장한 것이라 합니다."

"개, 개방? 허!"

이쯤 되면 화도 나지 않았다.

일에 신중을 기한다고, 대정련의 지원군이 결코 만만치 않은 전력으로 꾸려졌다는 정보만을 믿고 최적의 기회를 엿본다고 작전을 세우고 있었건만 정작 상대가 개방의 거지 떼들이었으니.

"그럼 여태까지 거지새끼들을 쫓아다녔단 말이냐? 이거야 원, 지나가던 개가 웃을 일이 아닌가!"

공격을 코앞에 두고 적을 놓친 것이 어처구니가 없는지 추망이 허탈한 웃음을 내뱉으며 고개를 흔들었다.

"한데 지금껏 어찌 몰랐다는 말이냐? 나흘 전만 해도 저 녀석이 직접 확인했다고 하지 않았느냐?"

포정정이 행여나 자신에게 불똥이 떨어질까 전전긍긍하는 귀무상을 바라보며 말했다.

"예, 당시 소림의 무광이 뒤늦게 합류했다는 소식에 삼대주가 직접 움직였습니다. 그리고 그때는 틀림없이 대정련의 정예라는 정보를 가지고 왔지요. 아니냐?"

건위의 물음에 귀무상이 필사적으로 고개를 끄덕였다.

"그때는 대정련의 정예가 틀림없었습니다. 제가 확인한 인물만 해도 소림의 무광과 그를 보필하는 사대금강, 나한전주 공성, 낙일검 운섭, 개방의 소방주 여호량(呂豪亮)······."

귀무상이 주워섬기는 이름이 어떤 이름이고 무림에서 어

느 정도의 위치에 있는지 잘 알고 있는 포정정이 그의 말을 잘랐다.

"그만 되었다. 그들의 존재를 네가 직접 확인했다면 당시는 제대로 쫓고 있는 것이 맞을 것이다. 문제는 그 이후인데… 계속해서 그들의 존재를 확인했느냐?"

"당시 놈들이 낌새를 차리고 경계를 철저하게 하는 바람에 근거리에서 확인하지 못하고 멀리서만 지켜보았습니다."

"그러니까 제대로 확인하지 못한 것이 사흘. 정확히 그만큼의 공백이 생겼다는 말인데……."

포정정이 건위를 돌아보며 말했다.

"아무래도 사단이 벌어진 것 같다."

"예."

일의 심각성을 느꼈는지 고개를 끄덕이는 건위의 얼굴이 더없이 심각했다.

"당장 군사에게 연락하여라. 대정련의 정예가 사라졌다고. 인원이 정확히……."

건위가 재빨리 덧붙였다.

"이백입니다."

"그래, 이백. 그 정도 숫자면 결코 무시할 수 없는 전력이다. 게다가 소림의 무광이나 무당의 희망이라는 운섬 같은 고수들이 끼어 있다. 그들의 움직임을 파악하지 못하면 틀림없이 문제가 생길 것이다. 어쩌면 상상하기 싫은 일이 벌어질 수도 있어. 군사뿐만 아니라 흑영전단과 흑암전단에도 이 사실을 알리고 주의를 하라 일러라. 당장!"

"알겠습니다."

건위가 대답을 하며 신호를 보내자 귀무상이 그가 할 수 있는 최대한의 움직임으로 사라졌다.

"다른 놈들도 아니고 대정련의 행보를 놓치다니. 좋지 않아. 정말 좋지 않아."

포정정이 때마침 불어와 귀밑을 스쳐 지나가는 미풍 때문인지, 아니면 알 수 없는 불안감 때문인지 살짝 몸을 떨었다.

*　　　*　　　*

"그만 뒈져라."

짜증이 물씬 묻어나는 음성이었다.

흑검일대를 지원하기 위해 움직인 섭악(攝嶽)이 무려 반 시진이 넘도록 끈질기게 대항한 악돈의 가슴에 박힌 칼을 사선으로 쳐올리며 소리쳤다.

비명은 없었다.

심장이 관통되고 그것도 부족해 사선으로 치솟은 칼이 목줄기까지 끊어버린 탓이었다.

'풍아……'

의식이 사라지는 가운데 홀로 분투하는 악풍의 모습이 보였지만 그것이 마지막이었다.

"끈질기기가 고래 심줄보다 더한 늙은이 같으니."

칼을 타고 흐르는 핏물을 악돈의 얼굴에 쓱쓱 문지르는 섭악에게선 무인의 도나 상대에 대한 예의 따위는 찾아볼 수가 없었다.

"그래도 내 상대는 아니지. 흐흐흐."

오랜 싸움 끝에 승리했다는 만족감 때문인지 섭악의 얼굴엔 만족감이 가득했다. 악돈의 창에 어깨가 뚫리고 몸 이곳저곳에서 많은 상처가 생겼지만 짜릿한 승리감에 비하면 아무것도 아니었다.

"이제 대충 정리는 된 것 같은데."

어깨에서 흐르는 피를 간단히 지혈한 섭악이 전장으로 시선을 돌렸다.

싸움은 이제 끝난 것이나 다름없었다.

배가 넘는 적에게 둘러싸였음에도 악가의 무인들은 그들이 할 수 있는 최대한의 투혼을 불사르며 분전에 분전을 펼쳤다. 하지만 중과부적. 칠십 명이 넘던 악가의 무인 중 땅을 딛고 선 자는 오직 한 명. 홀로 십여 명이 넘는 적에게 둘러싸여 혈전을 벌이는 악풍뿐이었다.

"정말 놀라운 놈이군."

섭악의 입에서 감탄이 터져 나왔다. 악풍을 공격하는 이들 중 자신과 그다지 실력 차이가 없는 오굉(吳轟)이 온몸에 피칠을 하며 고전하고 있는 것을 본 까닭이었다.

"과연 오대세가라는 건가? 그래도 변하는 것은 없겠지."

섭악의 말대로였다.

싸움이 시작된 이래 악풍은 실로 엄청난 무위를 보여주었다.

악가 백 년 이래 최고의 기재이며 무공만을 따졌을 때 악가에서 세 손가락 안에 든다는 소문이 거짓이 아니라는 것을 증명하듯 그는 무수히 많은 적을 베어 넘겼다.

산동악가와의 싸움에서 흑검일대가 당한 피해의 삼분의 일 정도가 악풍 단 한 사람에 의한 것이었다.

그러나 그에게도 한계는 있었다.

거듭되는 합공에 지칠 대로 지친데다가 곳곳에 당한 부상이 그의 움직임을 가로막았다. 내력도 바닥나 창을 쥐기가 힘들 정도였다.

'당숙……'

사방에서 밀려드는 공격을 막아내면서도 악돈의 죽음을 목도한 악풍의 눈에 절망이 서렸다. 최악의 상황에서도 그나마 의지하고 있던 한줄기 희망이 끊기는 느낌이었다.

'이제 정말 끝이군.'

그를 포위하고 있던 이들이 일제히 검을 날렸다.

엄청난 예기를 뿜어대는 오굉의 검이 선두에 섰고 공리후의 검이 그 뒤를 받쳤다.

시퍼런 검광이 사방에서 번쩍이고 칼날 같은 검기가 대기를 가르며 그에게 밀려들었다.

악풍의 장창이 묵직하게 회전을 하기 시작했다.

단순한 회전이라 생각이 들었지만 그 여파는 컸다.

창이 일으킨 광풍에 휩쓸린 무인들이 힘없이 날아가고 우레와 같은 폭음이 사방을 쩌렁쩌렁 울렸다.

적들이 잠시 주춤하는 사이 땅을 박차고 단숨에 오 장여를 뛰어오른 악풍이 최후의 기력을 담아 창을 던졌다.

광룡경혼(狂龍驚魂).

오직 목숨을 담보로 하여 펼칠 수 있다는 최강의 초식이 펼쳐진 것이었다.

악풍의 손에서 벗어난, 사막의 용권풍이 우습게 여겨질 정도로 맹렬한 회전과 그에 따른 미증유의 힘을 품은 창이 오굉을, 공리후를, 그리고 그를 공격했던 모든 이들을 노리며 내리꽂혔다.

"피, 피해랏!"

공리후가 기겁을 하며 소리쳤다.

막을 수 없었다.

대적을 한다는 것 자체가 무리였다.

공리후는 수십 갈래로 변한 창의 사정권에서 벗어나기 위해 미친 듯이 몸을 흔들었다.

오직 오굉만이 오연히 서서 검을 치켜세울 뿐이었다.

꽈꽈꽈꽝!

악풍의 마지막 무혼이 깃든 창의 위력은 엄청났다.

굉음은 천지를 울릴 정도였고 파괴력은 능히 태산을 무너뜨릴 수 있을 것 같았다.

악풍이 펼친 최후의 공격은 반경 십여 장을 초토화시키고 그를 공격했던 이들 중 일곱 명을 그 자리에서 즉사시킨 다음에야 비로소 끝이 났다.

"저, 저 무슨······."

멀리서 싸움을 지켜보던 섭악이 경악으로 물든 눈으로 오굉을 바라보았다. 그리곤 자신도 모르게 입술을 꽉 깨물었다.

두 발을 지면에 단단히 고정시키고 우뚝 선 오굉.

그것은 그의 힘도, 의지도 아니었다. 정수리에서 몸을 관통하여 땅에 박힌 장창이 그를 그렇게 만든 것이었다.

오굉을 향해 한걸음에 달려간 섭악이 처참한 그의 죽음을 보며 이를 부득 갈았다. 그리곤 머리카락마저 새하얗게 변한 채 쓰러져 있는 악풍에게 돌진했다.

마지막 공격을 위해 한 줌의 진원지기까지 모두 소모한 악풍은 이미 목숨이 끊어진 이후였다.

"뼈를 갈아먹어도 시원찮을 놈 같으니."

눈이 뒤집힌 섭악은 악풍의 시신을 그대로 짓밟기 시작했다.

밟다가 지쳐 들고 있던 칼을 미친 듯이 휘둘렀다.

흑검일대 대원들은 섭악의 행동에 눈살을 찌푸렸다. 비록 적이었지만 존경심과 두려움을 느낄 정도로 뛰어난 무공을 보여주었던 악풍을 그런 식으로 대해선 안 된다는 생각을 했다. 그러나 섭악의 광기 어린 행동을 감히 막아서는 사람은 없었다. 그저 애써 모른 척할 뿐이었다.

바로 그때였다.

악풍의 시신이 오체분시되어 사방으로 흩어지던 그 순간, 섭악을 향해 엄청난 속도로 쇄도하는 사람이 있었다.

"버러지 같은 놈!"

음성보다 먼저 검기가 날아들었다.

광기에 물들었으나 나름 무공에 일가를 이룬 섭악이 황급히 몸을 틀어 검기를 흘려보낸 뒤 자신을 향해 공격을 펼친 존재를 찾기 위해 시선을 돌렸다.

"웬 놈이냐?"

단 한 번의 공격으로 섭악을 뒤로 물린 사람은 낙일검 운섬이었다. 그는 섭악의 외침에 대답하지 않고 안타까운 시선으로 악풍의 시신을 바라보았다. 그의 주검은 이미 형체를 알아볼 수 없을 정도로 훼손된 상태였다.

섭악을 향해 천천히 몸을 돌리는 운섬의 몸에서 지금껏 보지 못한 살기가 뿜어져 나오고 있었다.

"너는 인간도 아니다."

운섬이 검을 들어 올렸다.

"악귀를 자처한 자에게 인정은 없다."

운섬이 싸늘한 외침과 더불어 섭악을 향해 묵직한 걸음을 내디뎠다.

같은 시각, 무광의 사자후가 비류평을 진동시키고 있었다.

第五十一章
살수(殺手) 대 살수(殺手)

"남궁… 세가, 드디어 도착했군."

오는 길이 워낙 험하고 위험해서 그랬는지 저 멀리 남궁세가의 모습이 보이자 당고후의 얼굴에 안도의 기운이 흘렀다.

"규모가 상당하군요."

도극성이 주변 일대를 환히 밝히는 불빛을 보며 탄성을 터뜨렸다. 당가도 입이 쩍 벌어질 만큼 큰 규모를 자랑했지만 솔직히 남궁세가에 비하며 손색이 있었다.

"수백 년간 호남을, 아니, 무림을 호령한 가문이네. 그만한 위용은 지니고 있지."

"단순히 겉으로 드러난 위용만이 아니었으면 좋겠습니다.

암흑마교를 상대하기 위해 그런 것은 아무런 도움도 되지 않으니까요."

"물론이네. 남궁세가는 겉으로 보이는 것 이상의 저력이 있어. 누가 뭐라 해도 오대세가에서도 으뜸으로 치는 곳이니까."

"그런가요?"

당고후의 말에 도극성의 두 눈이 반짝거렸다.

세인들에게 유난히 지기 싫어하고 아집이 강한 곳으로 첫손에 꼽히는 곳이 바로 당가였다. 그런 당가의 장로가 인정한 남궁세가에 대한 호기심이 물씬 일었다.

"누가 오는데요."

당초성이 남궁세가로부터 바쁜 걸음으로 다가오는 두 명의 청년을 가리키며 말했다.

"남궁세가의 이목이 인근 지역을 뒤덮고 있을 터. 우리가 오는 걸 알고 있을 게다."

당고후의 말대로였다.

청색 무복에 머리를 단정히 묶은 두 청년은 남궁세가의 외곽 경비를 책임지고 있는 용검당에 속한 이들이었다.

"용검당의 남궁진(南宮震)이라 합니다. 당가에서 오셨습니까?"

정중히 예를 표한 청년이 물었다.

"그렇다네. 당고후라고 하네."

"어서 오십시오. 그렇잖아도 세가의 어르신들께서 기다리고 계셨습니다."

"앞장서게."

당고후가 넉넉한 미소를 지으며 말했다.

도극성은 다시 한 번 정중히 예를 표하고 몸을 돌리는 청년들을 살피며 내심 감탄을 하고 있었다.

'명문이란 말이로군.'

그들의 말투며 예를 잃지 않으면서도 절도있는 몸가짐, 게다가 은연중 뿜어지는 기운이 예사롭지 않았다.

"대단한 친구들 같군요."

당초성도 도극성과 같은 생각인지 고개를 끄덕였다.

"그러게. 남궁세가가 괜히 남궁세가가 아니야."

조금은 부러움이 섞인 음성이었다.

남궁진의 뒤를 따라 걷기를 얼마간, 그들 앞에 남궁세가의 규모를 단적으로 알게 해주는 거대한 정문이 그 웅장한 자태를 드러냈다.

"와, 이거 대단한데요."

도극성의 입이 쩍 벌어졌다.

멀리서 볼 때도 대단하다는 생각이 들었지만 가까이에서 직접 본 남궁세가의 규모는 상상을 불허했다.

우선 정문만 하더라도 마차 다섯 대가 나란히 출입할 수 있을 정도로 넓었고 높이 또한 못해도 오 장은 더 되어 보였다.

게다가 정문을 중심으로 펼쳐진 담은 웬만한 성벽을 능가할 정도였으니 그것만 보더라도 남궁세가의 위세가 어떠한지 미루어 짐작할 수가 있었다.

"이거 시작부터 기를 꽉 죽이는군요. 안에서 펼쳐질 광경이 궁금한데요."

고개를 절레절레 흔든 도극성이 질린 표정으로 말할 때 그의 뒤에서 조용히 따르던 풍인이 입을 열었다.

"저는 이쯤에서 물러날까 합니다."

도극성이 뭐라 말을 하기도 전에 앞서 가던 당고후가 먼저 반응을 했다.

"그게 무슨 소린가, 물러나다니?"

"저의 임무는 여기까지입니다. 남궁세가에 도착했으니 이제 그만 돌아가야지요."

"그럴 수야 있나? 우리가 누구 덕에 이렇게 무사히 도착할 수 있었는데."

당고후가 당치도 않다는 듯 강하게 도리질을 했다.

사실 당가 일행이 남궁세가까지 도착하는 동안 우여곡절이 실로 많았다.

주루에서의 첫 번째 암습이 실패한 이후에도 숙살단의 공격은 계속됐는데 살수들의 특성상 대규모의 싸움이 있었던 것은 아니지만 그만큼 은밀하고 교묘하여 수차례의 위기가 닥쳤다. 물론 그들의 목표가 도극성인지라 살수의 대부분이 도극성에게 집중되었으나 중요 지점을 미리 선점하고 숙살단을 견제한 초혼살루의 힘이 없었다면 당가의 피해도 막심했을 것이다.

특히 숙살일대주 환전(煥電)까지 참여한 마지막 공격은 실로 지독한 것으로, 그 한 번의 암습으로 당가의 식솔이 무려 여섯이나 희생당했고 초혼살루의 살수들 또한 일곱 명이나 목숨을 잃었다. 또한 예상치 못한 공격에 당황했던 당고후를 구하기 위해 그 앞을 막아섰던 풍인은 결코 가볍지 않은 부상까지 당했다.

당고후는 생명의 은인이나 다름없는 풍인을 제대로 대접도 하지 못하고 돌려보낸다는 것은 있을 수 없는 일이라 생각했다.

"오래 붙잡지 않겠네. 최소한 부상은 치료하고 가야지."

"하지만……."

풍인이 난처한 모습을 보이자 당초성도 정중하게 요청했다.

"당가의 체면을 보아서라도 함께하시지요."

"그렇게 하는 것이 좋겠다."

풍인의 강력한 요청으로 하대를 하게 된 도극성이 그의 어깨를 살짝 감싸며 말했다.

루주 못지않게 어려워하는 도극성까지 그렇게 나오자 풍인도 더 이상 거절을 할 수는 없었다.

살수(殺手) 대 살수(殺手)

"알겠습니다. 그럼 간단히 부상만 치료토록 하겠습니다."
"물론이네. 더 이상은 바라지도 않아."
당고후가 호쾌하게 웃으며 말했다.
그러는 사이 일행은 어느덧 정문에 도착하고 있었다.

생명을 유지할 수 있을 정도의 숨결만 남기고, 심지어 심장의 기능까지 최소한으로 하여 어둠과 기대고 있는 사물과 한 몸이 되었던 사내가 깨어나고 있었다.

심장이 힘찬 박동을 시작하자 전신에 빠르게 피가 돌았다.

피가 돌자 잠들어 있던 세포가 눈을 떴고 몸의 기관들이 활성화되기 시작했다.

예전의 감각을 되찾는 데 걸린 시간은 촌각도 되지 않았다.

사내는 처음의 그 자세를 유지한 채 가만히 칼을 움켜쥐었다.

녹슨 칼.

잘 벼려진 칼의 예기까지도 감지해 내는 고수들을 상대하기에 그만큼 유용한 무기도 없었다.

칼의 날카로움 따위는 필요없었다.

중요한 것은 얼마나 은밀히 목표에 접근하고 그와 자신을 잇는 최단거리를 찾아내 정확히 칼을 꽂을 수 있느냐 하는 것이었다.

목표가 무사히 도착했다는 것은 수하들이 모두 실패했다

는 것.

　살수에게 실패란 곧 죽음임을 감안한다면 숙살일대는 모조리 목숨을 잃었을 것이다.

　상관없었다.

　수하들의 희생은 오히려 목표의 방심을 유도할 수도 있었다.

　희생의 대가는 목표를 제거하고 무사히 귀환하는 것으로 충분했다.

　자신이 살아 있는 한 숙살단은 건재한 것이나 다름없으니까.

　운명의 시간이 다가오고 있었다.

　승부는 한순간, 두 번은 없었다.

　마침내 나흘 동안이나 숨죽이고 도극성을 기다려 왔던 숙살단주가 눈을 떴다.

"어서 오십시오."

　도극성 일행이 막 정문을 들어설 때 정검단주 남궁건이 허겁지겁 뛰어왔다.

"죄송합니다. 오신다는 전갈을 받고 한참을 기다렸습니다. 한데 잠시 중요한 회의에 참석하는 바람에… 무례를 범했습니다."

"무슨 소린가? 남궁세가의 상황이 어떤지 뻔히 알고 있거늘. 우리는 신경 쓰지 말게. 그래, 잘 지냈는가?"

어릴 적부터 남궁건과 안면이 있었던 당고후가 친근한 음성으로 말했다.

"상황이 상황인지라 조금 힘들기는 합니다만 그럭저럭 지냈습니다."

"아버님은 잘 계시고?"

"예. 근래 들어 부쩍 신경이 예민해지기는 하셨지만 아직 정정하십니다."

"가주께서 건재하시다니 걱정할 것이 없겠군. 조만간 암흑마교 놈들은 신검무적이 왜 신검무적인지 뼈저리게 느끼게 되겠어."

당고후의 말에 약간은 과장이 섞였다는 것을 알면서도 남궁건은 흐뭇한 미소를 지었다.

"하하하, 어서 가시지요. 아버님께서 당가에서 도착했다는 말씀을 들으시고는 회의도 파하셨습니다."

"허허, 우리가 뭐 대단한 인사라고. 그러실 필요까지는 없었는데 말이야."

말과는 달리 당고후의 어깨엔 부쩍 힘이 들어갔다. 기분이 좋은지 호탕한 웃음을 터뜨리기까지 했다.

한데 그런 당고후와는 대조적으로 언제부터인지 도극성의 안색이 좋지 않았다. 이를 눈치 챈 풍인이 넌지시 물었다.

"무슨 일 있으십니까?"

"아니. 그냥."

도극성이 말을 얼버무렸다. 하나, 그의 표정에서 그냥이 아니라는 것을 파악한 풍인이 한층 심각한 얼굴로 다시 물었다.

"마음에 걸리는 것이라도 있으십니까? 안색이 가히 좋지 않습니다."

"글쎄, 나도 잘 모르겠어. 갑자기 느낌이 이상해서 말이야."

"느낌이 이상하다고 하시면……."

"정확하게 말로 표현하기는 힘들고, 그냥 몸이 그렇게 느낀다고나 해야 할까? 뭔지 모를 불안감일까, 아니면 으스스함?"

"언제부터 그러셨습니까?"

"조금 전부터."

풍인이 긴장된 표정으로 주변을 살피기 시작했다.

지금껏 지켜본 바에 따르면 도극성의 감각은 뭐라 표현하기가 힘들 정도로 탁월했다. 본능적인 것인지 아니면 특별한 수련을 거친 것인지 모르지만 초혼살루의 그 어떤 살수보다 예민하고 예리한 감각을 지니고 있었다. 사실 초혼살루의 도움이 아니었더라도 숙살단의 공격을 미리 알고 대처를 했을 것이란 생각을 하게 만들 정도였다.

그런 도극성의 감각에 뭔가 이상한 것이 감지되었다는 것은 결코 허투루 들을 수 있는 말이 아니었다.

풍인은 언제라도 출수를 할 수 있도록 만반의 준비를 갖추면서 차분히, 그러면서도 주도면밀하게 주변을 탐문하기 시작했다. 하지만 아무리 살펴도 이상한 점은 없었다.

그러는 사이 남궁건과 인사를 끝낸 당고후가 몸을 돌려 도극성을 가리켰다.

"인사하게나. 이 친구가 그 유명한 운룡기협일세."

"아, 복우산에서 활약했던, 그리고 당가를 구해……."

밝게 웃으며 말하던 남궁건이 당가의 체면을 생각했음인지 살짝 말끝을 흐리자 당고후가 그의 등을 툭 치며 웃었다.

"맞네. 우리 당가를 구해준 은인이지."

"남궁건이라 합니다."

남궁건이 정중히 인사를 하자 도극성이 마주 인사하며 예를 차렸다.

"편히 대해주십시오. 도극성입니다."

"그래도 되겠는가?"

"예, 그게 더 편합니다."

"알았네. 자네가 원한다면 그리하지. 일전에 만승검패를 돌려받느라 자네와 만난 아우로부터 얘기를 들은 적이 있네."

도극성의 뇌리에 그 언젠가 만났던 남궁세가의 인물, 자신을 남궁패라고 소개했던 호한(好漢)의 얼굴이 떠올랐다.

"그러셨습니까?"

"하지만 솔직히 근자에 화제가 되고 있는 운룡기협이 어떤 인물인지 알고 싶었는데 정말 반갑군."

남궁건이 한층 친근한 웃음을 띠며 반겨주었다.

"저 또한 그렇습니다. 남궁세가에 대한……."

도극성의 말은 이어지지 못했다.

조금 전부터 그를 심란하게 했던 기운이 확연히 느껴졌기 때문이다.

딱딱하게 굳은 도극성의 얼굴이 하늘로 향하고, 순간 그는 어둠으로부터 자신을 향해 일직선으로 내리꽂히는 하나의 칼을 볼 수 있었다.

풍인이 검을 빼 들었지만 그의 출수는 이미 늦었다.

당초성 등이 암습을 확인했을 때, 칼은 도극성의 정수리에 박히고 있었다.

당초성은 차마 보지 못하고 눈을 질끈 감아버리고 말았다.

모든 이의 뇌리에 도극성의 죽음이 떠올랐다.

그건 도극성을 암습한 숙살단주 역시 마찬가지였다.

그는 이미 도극성의 죽음을 기정사실로 받아들이고 퇴로를 어찌 확보할까 걱정하고 있었다.

바로 그때였다.

그 누구도 상상하지 못할 일이 벌어졌다.

숙살단주의 녹슨 칼이 도극성의 정수리를 막 꿰뚫을 찰나, 도극성의 발밑을 뚫고 치솟는 물체가 있었다.

육안으로는 도저히 확인하기 힘들 정도로 빠르게 솟구치는 물체는 바로 화살이었다.

도극성의 발끝에서 튀어나와 콧날을 스치며 치솟은 화살은 칼과 하나가 되어 움직이던 숙살단주의 미간을 꿰뚫어 버렸다.

"컥!"

외마디 비명과 함께 작살에 꿰인 물고기처럼 허공에서 펄떡거리며 고꾸라지는 숙살단주.

재빨리 움직인 풍인이 숙살단주의 목에 칼을 겨누었으나 별 의미 없는 행동이었다. 화살에 미간을 꿰뚫리는 순간 그의 혼은 이미 육체와 결별을 한 상태였다.

"이, 이게 대체 어찌 된 일이란 말인가?"

놀라움을 금치 못한 당고후가 말을 더듬었다.

도극성은 대답 대신 한 걸음 뒤로 물러나고, 곧이어 땅거죽이 들썩거리는가 싶더니 손에 조그만 노(弩)를 움켜쥔 곽월이 육중한 몸을 드러냈다.

"루, 루주."

풍인의 두 눈이 휘둥그레지자 도극성이 피식 웃으며 말했다.

"뭘 그리 놀래? 네가 루주는 숙살단주 옆에 있을 거라고 말했잖아."

"그, 그래도……"

풍인이 뭐라 대꾸를 하지 못할 때 당가와 남궁세가의 무인들은 갑자기 모습을 드러낸 곽월을 멍한 눈으로 바라보았다.

"괜찮으냐?"

곽월이 옷에 묻은 흙을 털어내며 물었다.

땅속에 오랫동안 은신해 있었는지 젖은 흙이 좀처럼 떨어지지 않았다.

"그럭저럭. 오래 있었던 모양이다?"

"나흘 정도. 저 망할 인간이 무려 나흘 동안이나 이곳에서 너를 기다리는 통에 어쩔 수 없었지."

곽월이 싸늘한 주검으로 화해 버린 숙살단주를 보며 쓴웃음을 지었다.

"그런데 놈이 이곳에서 공격할 줄은 어찌 알고?"

도극성도 궁금했지만 모든 이들 또한 궁금해하는 것이었다.

"이곳만큼 좋은 장소가 없거든. 무사히 도착했다는 생각에 팽팽히 당겨졌던 긴장감도 풀리고 전체적으로 몸의 감각이 조금은 안이해지지. 물론 놈이 이곳을 유난히 자세히 보고 있기에 미리 잠복해 있을 수 있기는 했지만 사실 꽤나 힘들었다. 남궁세가의 눈도 피해야 하고 놈의 눈도 피해야 했거든."

"덕분에 살았다."

"내가 아니었어도 어차피 놈은 성공하지 못했을 거잖아?"

"아마도. 그래도 완전히 무사할 수는 없었을 거다. 부상은 피할 수 없었을 거야. 그만큼 무시무시한 공격이었으니까."

곽월도 동의한다는 듯 고개를 끄덕였다.

"한데 공자님은 루주께서 밑에 계신 것을 알고 있었습니까? 저놈이 공격을 할 때도 꿈쩍도 하지 않으시던데."

풍인의 물음에 도극성이 발끝으로 땅을 콕콕 찍었다.

"아까도 얘기했잖아. 뭔가 이상한 느낌이 든다고. 그건 저 자뿐만 아니라 이 녀석의 기운도 함께였어. 하지만 정확하게는 알 수가 없었지. 내가 녀석이 발밑에 은신해 있다는 것을 확실하게 알 수 있었던 것은 전음이 있었기 때문이야. 절대로 움직이지 말라는 전음. 솔직히 놀랬다. 네가 내 발밑에서, 게다가 화살 공격이라니."

"놈을 막기 위해선 어쩔 수 없었어. 일격필살(一擊必殺)이 필요했거든."

"왜?"

"놈이 마화염폭이란 괴물을 지니고 있었거든. 그것도 무려 세 개씩이나."

곽월의 말에 주변 사람들의 안색이 확 변했다.

단 하나로 십여 장을 초토화시키는 마화염폭의 위력을 감안했을 때 세 개라면 얼마나 큰 피해가 발생했을지 가늠키 어려웠다.

"그건 어찌 알았는데?"

도극성의 물음에 곽월이 가늘게 실눈을 뜨며 웃었다.

"그거야 다 아는 수가 있고, 아무튼 이제 다 끝난 것 같다.

암흑마교의 숙살단이 결국 너로 인해 작살이 나버렸구나."

"그렇게 되긴 했지만 솔직히 걱정이다. 나야 원래 그렇지만 이젠 너도……."

"상관없어. 어차피 암흑마교와는 꼬이게 되어 있었으니까. 게다가 네가 아니었으면 진즉에 죽었어야 할 몸이었어."

"어쨌건 고맙다."

"됐다니까."

손을 흔들어 도극성의 말을 막은 곽월이 풍인에게 시선을 주었다.

"고생했다. 다들 무사하냐?"

"약간의 피해가 있기는 했지만 전체적으로 괜찮습니다. 지금쯤 모두 귀환하고 있을 겁니다."

"그래? 그럼 우리도 이만 가야지."

그리곤 빙글 몸을 돌려 도극성에게 말했다.

"이제 가야겠다. 너 때문에 급히 달려오기는 했지만 암흑마교 때문에 우리도 바빠."

"그래, 알았다."

풍인으로부터 대강의 사정을 전해 들었던 도극성은 애써 곽월을 잡지 않았다.

그러나 풍인에게 목숨 빚을 진 당고후나 어찌 되었든 졸지에 구원을 받은 남궁세가의 남궁건은 그럴 수가 없었다.

특히 대적을 앞두고 어떻게든 한 사람의 조력자라도 더 확

보해야 했던 남궁세가로선 곽월 같은 실력자는 놓치기 싫은 인물이었다. 하나, 그의 정체가 현 초혼살루의 루주이자 무림을 공포에 떨게 만들었던 살성 묵혈이라는 것을 알고는 어쩔 수 없이 포기할 수밖에 없었다. 아무리 암흑마교와 척을 두고 있더라도 조만간 도착할 대정련의 무인들과의 반목이 눈에 뻔히 보였기 때문이다.

* * *

산동악가를 공격한 흑검일대를 전멸시킨 운섬 일행이 비류평에 도착했을 때까지도 싸움은 끝나지 않았다.

운섬은 무광을 필두로 한 대정련이 압도적인 우세를 지키고 있었기에 굳이 싸움에 참여할 생각은 하지 않았다.

그리고 얼마 후, 단 한 명도 항복을 하지 않는 바람에 모조리 목숨을 빼앗을 수밖에 없었던 무광이 싸움을 끝내고 다소 무거운 얼굴로 운섬에게 걸어왔다.

"악가는 어찌 되었습니까?"

운섬이 한숨을 내쉬며 고개를 흔들었다.

"너무 늦었습니다. 저희가 도착했을 땐 이미 모든 분이 목숨을 잃은 뒤였습니다."

무광의 안색이 절로 무거워졌다.

"아미타불! 이쪽도 마찬가지입니다. 몇몇 생존자를 구해낼 수는 있었지만 팽가 역시 괴멸적인 타격을 입었습니다. 최대한 빨리 움직인다고 움직였는데 조금 늦었던 모양입니다."

"무량수불! 안타까운 일입니다."

운섬이 두 눈을 감고 연신 도호를 되뇌었다. 그리곤 문득 생각난 얼굴로 물었다.

"혹시 군사의 전갈을 받았습니까?"

"도장께서도 받으셨는지요?"

"예, 받긴 받았습니다만 어찌해야 할지 도무지 판단하기가 어렵습니다."

"명이니 따라야 하지 않겠습니까?"

"그렇기는 합니다만……."

운섬의 태도를 보면 어딘지 모르게 명을 받아들이기가 어려운 모양이었다.

둘의 대화는 팽엽이 다가오면서 끝났다.

"구해주셔서 고맙습니다."

팽엽이 팽가를 대표해서 감사의 인사를 했다.

흑검이대의 포위망을 완벽하게 뚫어내지는 못했지만 그래도 어느 정도 성과가 있었던 덕에 목숨을 부지할 수 있었던 그들. 인원이라 해봐야 열도 되지 않았지만 일단은 살아남았다는 것이 중요했다.

"서둘러서 온다고 왔는데… 죄송합니다."

"무슨 말씀을. 대정련에서 와주지 않으셨다면 그나마 살아 있을 수 있는 사람은 아무도 없었을 것입니다. 팽가는 여러분의 도움을 결코 잊지 않을 것입니다."

 부친을 비롯하여 수많은 혈족을 잃었음에도 팽엽은 흔들림없이 행동했다. 마음속으로야 피눈물을 뿌릴지언정 팽가를 대표하는 지금 그런 모습을 보일 수는 없었다.

 "일단 남궁세가에 현재의 상황을 알려야겠습니다. 저희들과 악가의 지원군을 기대하고 있을 터인데 이 지경이 되었으니……. 그래도 대정련의 전력이 이토록 건재하니 다행입니다."

 팽엽이 양쪽에서 벌어진 싸움에도 불구하고 대정련이 거의 이백에 달하는 전력을 그대로 유지하고 있다는 데 안심을 했다. 하지만 그런 팽엽을 바라보는 무광과 운섬의 안색은 가히 좋지 않았다.

 잠시 서로의 얼굴을 마주 보던 무광과 운섬. 결국 무광이 한숨을 내쉬며 입을 열었다.

 "죄송합니다만 우리는 남궁세가에 가지 않습니다."

 "예? 그, 그게 무슨 말씀이신지……?"

 팽엽이 놀란 눈을 동그랗게 뜨고 무광과 운섬을 번갈아 바라보았다.

 "남궁세가로는 가지 않는다고 말씀드렸습니다."

*   *   *

"뭣이! 지금 그게 무슨 말이냐?"

향긋한 죽엽청을 홀로 자작하며 밤의 정취를 만끽하던 흑암전단 단주 주인곤이 전령이 전한 소식에 대노하여 상을 엎어버렸다.

"똑바로 말해봐라. 뭐가 어쩌고 어째? 대정련의 움직임을 놓쳤단 말이냐?"

"그렇습니다."

"언제? 대체 언제 놓쳤단 말이냐?"

남궁세가의 공격에서 중추적인 역할을 하고 있는 주인곤은 가장 큰 변수로 대정련의 행보를 꼽고 있었고, 그들을 공격하기 위해 움직인 흑검전단에 나름 큰 기대를 하고 있던 터다. 한데 싸움은커녕 아예 흔적을 놓쳤다는 어처구니없는 소식을 접한 것이다.

"나, 나흘 정도 된 것으로 파악하고 있습니다."

전령은 자신을 잡아먹을 듯 노려보는 주인곤의 기세에 눌려 어쩔 줄을 몰라 했다.

"나흘? 하면 놈들이 벌써 남궁세가에 도착했을 수도 있다는 말이냐?"

"……."

"당장 각 대주들을 들라 해라."

명이 떨어지고 부산하게 움직이는 소리가 들리는가 싶더

니 네 명의 대주가 모습을 드러냈다.

간단히 상황 설명을 한 주인곤이 일대주 홍포(弘砲)에게 물었다.

"남궁세가는 어찌하고 있느냐?"

"평소와 다름없습니다. 분주히 움직이는 가운데 저희와의 일전을 준비하는 모습입니다."

"남궁세가에 당가가 도착했다고 들었다."

"그렇습니다. 조금 전에 도착한 것으로 압니다."

"이후 다른 문파나 인물들의 움직임은 없었느냐?"

"놈들이 이곳을 샅샅이 뒤지는 것과 마찬가지로 저희들도 놈들을 세밀하게 살피고 있습니다. 당가가 도착한 이후 남궁세가에 들어선 자들은 모두 열아홉. 그들의 정체는 인근 지역에 흩어져 살던 속가제자들이었습니다."

"당가가 도착하기 전에는?"

"그자들의 정체도 모조리 파악하고 있습니다. 하나 대정련과 연관된 인물은 단 한 명도 없었습니다."

"자신할 수 있느냐?"

"예."

스산한 살기를 뿜어내는 주인곤의 모습에서도 홍포는 한 점의 흔들림도 보이지 않았다. 그가 내뱉는 한마디 한마디는 그만큼 믿음이 갔다.

"믿겠다. 이후에라도 철저하게 감시를 해야 할 것이다. 대정련 놈들이 언제 어디서 우리의 뒤통수를 칠지 몰라."

"알겠습니다."

"흑영전단은 어디까지 왔다고 하더냐?"

"이삼 일 내로 도착할 것이라 했습니다."

흑암이대주 사도민(司徒敏)이 얼른 대답했다.

"굼뜨기는!"

한번 꼬이기 시작하자 모든 것이 마음에 들지 않는지 주인 곤은 연신 짜증 섞인 음성을 내뱉었다.

"모두 나가서 기습에 대비하도록. 난 장로님들을 만나뵙고 오겠다."

자리에서 벌떡 일어난 주인곤이 한숨을 내쉬며 동북 방향으로 걸음을 옮기기 시작했다.

이번 원정에 참여한 장로와 호법들이 머무는 곳. 이런 소식을 지니고 가기엔 정말 싫은 자리였다. 하지만 장로들의 반응은 그가 생각한 것과는 천양지차였다.

"그거 잘됐군."

암흑마교 십대장로 중 한 명인 적혈부왕(赤血斧王) 태무룡(邰武龍)이 웬만한 어른보다 커 보이는 혈부를 쓰다듬으며 말했다.

"그렇잖아도 지루해 죽는 줄 알았느니. 군사가 세운 작전대로 따르느라 머뭇거렸다만 상황이 변한 이상 보다 능동적으로 대처할 필요가 있을 것이다."

그의 맞은편의 뼈마디가 앙상한 노인이 고개를 끄덕였다.

"자네의 말이 옳으이. 난 군사가 무슨 생각을 하는지 도무지 이해를 할 수가 없군. 이렇게 압도적인 전력을 가지고 세월만 보내다니. 지금에서야 도착을 했지만 자네가 얼마나 답답해했을지 상상이 가. 주 단주."

"예, 장로님."

주인곤이 바싹 얼어서 대답했다. 그에겐 같은 십대장로라 해도 적혈부왕 태무룡보다는 눈앞의 노인이 백배는 더 무서웠다.

노인의 정체가 한 줌 숨결만으로도 마을 하나를 흔적도 없이 지워 버릴 수 있다는 독의 조종 천외독조였기 때문이다.

"언제 공격할 테냐?"

"그, 그게……"

주인곤이 머뭇거리자 천외독조가 무심한 눈으로 바라보다 살짝 코웃음을 치더니 입을 열었다.

"어차피 상관없다. 이 밤이 가기 전에 공격은 시작될 테니까."

"이보게, 독조."

"손자를 잃었네. 그리고 그 손자를 죽인 놈들이 남궁세가에 있어. 더 참으라는 것은 나를 모욕하는 것이야. 나를 말리지 말게나."

"훗, 내가 말릴 사람으로 보이나?"

천외독조의 눈이 태무룡과 마주쳤다.

"그렇군. 적혈부왕이 싸움을 말릴 사람은 아니라는 것을 잠시 잊었네."

"흐흐흐, 그건 자네 역시 마찬가지지. 주인곤."

"예, 장로님."

"좀 전에 말했듯 상황이 변했다. 오늘 밤 백독곡이 공격을 시작하면 흑암전단도 일제히 공격을 시작한다. 알아들었느냐?"

"예."

"자네들도 반대는 하지 않겠지?"

태무룡이 여러 호법들을 응시하며 물었다. 반대하는 사람은 당연히 아무도 없었다.

第五十二章
서전(緒戰)

"네 녀석 소식은 익히 들어 알고 있었다. 아주 쩌렁쩌렁 울리더구나."

"하하, 그러셨습니까?"

"웃긴, 대체 무슨 말썽을 그리 피우고 다닌 것이냐?"

묵죽신개가 술잔을 들이켜며 면박을 주었다.

"말썽이라기보다는 나름 무림의 평화를 위해 노력했다고나 할까요?"

"무림의 평화는 무슨 얼어죽을 무림 평화. 만날 싸움만 하고 다닌 것 같던데."

"상대가 암흑마교 아니었습니까? 놈들이 꾸민 일도 몇 가지 망쳐 놓다 보니 그렇게 되었습니다."

순간, 묵죽신개의 안색이 살짝 어두워졌다.

"네가 사형을 만났다고 들었다."

"예."

"고맙구나."

묵죽신개는 딱 한 마디를 했을 뿐이나 그 안에 담겨 있는 감정을 모를 리 없는 도극성이 가만히 그의 빈 잔에 술을 따라주었다.

어색한 감정도 잠시였다.

실로 오랜만에 만나게 된 두 사람, 게다가 상황도 처음 만났을 때와 비슷했다. 둘은 나이를 떠나 오랜 지기처럼 주거니 받거니 하며 술을 마시고 이런저런 이야기를 나누었다.

그렇게 한참의 시간이 흐르고 남궁세가의 가주와 오랫동안 인사를 나누던 당초성까지 합류하면서 방 안의 분위기는 더욱 무르익었다.

요란하게 울리는 발소리가 들리기 전까지는 그랬다.

거칠게 문이 열렸다.

방 안에 있는 사람이 묵죽신개요, 당가의 소가주 당초성과 근래 들어 무명을 떨치고 있는 도극성임을 감안했을 때 결코 있을 수 없는 일이었다. 그만큼 일이 급박하다는 것을 의미했다.

"무슨 일이냐?"

당초성이 인상을 찌푸리며 물었다.

방문을 연 당월하(唐月河)가 딱딱하게 굳은 얼굴로 말했다.

"시작… 되었습니다."

순간, 즐겁게 담소를 나누던 묵죽신개와 당초성, 도극성의 안색이 절로 굳어졌다.

"장로님께선 어디에 계시느냐?"

"의검전으로 가신 것으로 압니다."

"알았다."

"이거 생각보다 빠르군."

놀란 가슴을 진정시킨 묵죽신개가 어쩌면 마지막 잔이 될 수도 있는 술을 단숨에 들이켰다.

"가셔야지요."

도극성의 말에 묵죽신개가 고개를 끄덕였다.

"그래야지."

손에 든 빈 잔을 단숨에 가루로 만들어 버린 묵죽신개가 그 흔적을 뿌리며 방을 나서고 무언의 눈길로 서로를 바라본 당초성과 도극성이 그의 뒤를 따랐다.

의검전엔 이미 남궁세가의 모든 수뇌들과 더불어 남궁세가를 돕기 위해 달려온 이들이 모여 있었다.

"반 시진 전, 적의 움직임이 파악되었습니다. 이런 속도라면 정확히 내일 아침 이곳에 도착합니다."

집의당주 남궁초의 말에 이어 남궁건이 곧바로 말을 받았다.

"휴식이 있을 것이라 감안하면 빠르면 오후, 늦어도 저녁엔 싸움이 시작되리라 봅니다."

"대낮에? 암습도 아니고?"

누군가의 물음에 남궁건이 단호히 고개를 흔들었다.

"암습은 자신이 없을 때나 하는 것입니다. 암흑마교는 본 남궁세가를 무너뜨릴 수 있다는 절대적인 자신감을 가지고 있습니다. 결코 암습은 없을 것이란 생각입니다."

"그래도 주의를 하는 것이 좋겠지."

손짓으로 남궁건을 자리에 앉힌 남궁격이 남궁초에게 다시 시선을 두었다.

"오전에만 하더라도 놈들은 움직일 생각이 없었다. 놈들에게 이렇듯 전격적으로 움직일 이유라도 생긴 것이냐?"

"아직 파악을 하지 못했습니다만 오후 늦게 백독곡의 무뢰배들이 놈들 진영에 합류했다는 소식이 들어왔습니다."

"뭣이! 백독곡이?"

당고후가 자리를 박차고 일어나며 소리쳤다.

"그게 사실인가?"

"그렇습니다."

"원수는 외나무다리에서 만난다더니."

사람들은 당고후가 왜 그렇게 흥분하는지 이해를 할 수가 없었다. 하나, 당초성마저 백독곡이란 말을 듣고 표정이 확 변하는 것을 보고는 뭔가 사연이 있으리란 짐작을 했다.

근래 들어 당가가 암흑마교의 간계로 크나큰 피해를 당했다는 것을 떠올리며 뭔가를 이해했다는 듯 고개를 끄덕이는 사람들도 있었다.

"백독곡의 병력은 어느 정도이더냐?"

남궁격이 다시 물었다.

"오십여 명 정도였습니다."

"오십? 생각보다 많지 않구나. 어쨌건 도합 육백이 넘는다는 말인데……"

현재 남궁세가의 전력은 인근 지역에서 남궁세가를 돕기 위해 움직인 이들을 포함하여 거의 이천에 육박했다.

'하지만 싸움은 단순히 숫자놀이가 아니야. 필요한 것은 고수. 고수의 수가 부족해.'

의검전에 모인 이들을 가만히 살피는 남궁격의 얼굴에 그늘이 졌다. 모인 사람은 많았지만 고수라 부를 수 있는 사람이 터무니없이 적었기 때문이다.

그에 반해 암흑마교의 힘은 실로 막강했다.

주축인 흑암전단은 형산파를 무너뜨리면서 상당한 전력의 손실이 있는 듯 보였으나 여전히 그 수가 오백을 넘었고 개개인의 실력 또한 비교할 바가 아니었다. 그 성세가 구파일방과 비견된다는 형산파가 고작 닷새를 버티지 못했을 정도로 막

강한 전력이었다.

"이렇게 기다리기만 할 것이 아니라 아예 선공을 취하면 어떻겠습니까?"

남궁세가에서 얼마 떨어지지 않은 곳에서 나름 세력을 키우고 있는 웅풍문(雄風門) 문주 이가경(李佳景)의 의견에 이곳저곳에서 찬성의 목소리가 터져 나왔다.

"이곳의 지형이라면 놈들보다 우리가 훨씬 잘 알고 있습니다. 지형지물을 잘 이용하면 상당히 효과적인 공격을 할 수 있으리라 봅니다."

웅풍문과 강 하나를 두고 경쟁을 펼치는 것으로 유명한 송월문(松月門)의 문주 풍운고(風雲孤)가 맞장구를 쳤다.

"그 정도도 생각하지 못할 놈들이 아닐세. 모르긴 몰라도 이곳 남궁세가까지 놈들의 눈이 쫙 깔려 있을 것이야. 아무리 은밀히 움직인다고 해도 놈들의 이목을 피하는 것은 불가능해."

묵죽신개가 그들의 의견을 일축했다.

"물론 아주 나쁜 의견만은 아니라는 생각이 드네. 단지 적의 실력을 감안했을 때 대규모의 병력 이동은 오히려 독이 될 수 있다는 것과 아무리 지형지물을 잘 알고 있다고 해도 이곳만큼 유리한 곳이 없다고 생각할 뿐. 대신 소규모로 병력을 꾸려 놈들을 괴롭히는 방법은 충분히 써먹을 수 있다고 보네만."

"놈들의 정신을 혼란스럽게 만들자는 말씀이시군요."

남궁초의 말에 묵죽신개가 힘차게 고개를 끄덕였다.

"최대한 시간을 벌어야 한다. 솔직히 우리의 힘만으론 한계가 있어. 무슨 수를 쓰든 대정련과 악가, 팽가의 지원군이 도착할 때까지는 버텨야 한다. 다행히 그런 일에 아주 적격인 사람이 있지."

묵죽신개의 능청스런 눈이 도극성을 향했다.

그의 시선을 따라 좌중의 모든 눈동자가 도극성에게 향했다.

묵죽신개의 의도를 눈치 챈 남궁초가 황급히 말을 꺼냈다.

"그 일을 운룡기협께 부탁드려도 되겠습니까?"

"제, 제가요?"

그렇잖아도 당황했던 도극성이 남궁초의 갑작스런 부탁에 화들짝 놀라며 되물었다.

"부탁드리겠습니다."

"아니, 그래도……."

"그래도는 뭘 그래도? 이 일에 너만 한 녀석이 어디 있느냐?"

묵죽신개의 말에 도극성이 발끈하여 소리쳤다.

"그러시면 영감님이 직접 나서면 되지 않습니까?"

도발적인 도극성의 말에 다들 입을 쩍 벌렸다.

현 개방 방주 사숙이자 무림칠괴로 전대부터 혁혁한 명성

서전(緒戰) 139

을 날려온 묵죽신개.

남궁격을 제외한다면 남궁세가에 모인 그 누구라도 한 수 접고 들어가야 하는 사람이 바로 묵죽신개였다.

한데 도극성이 그를 대하는 태도는 마치 옆집 영감님을 대하는 식이었다. 더 황당한 것은 묵죽신개가 도극성의 무례를 너무도 당연하게 용인한다는 것이었다.

"나도 한다. 그러니 너도 해."

"예?"

"내가 움직인다니까. 그러니까 잔말 말고 내 뒤나 따라와."

이쯤 되면 거절을 하려야 할 수가 없었다.

"저도 함께 가겠습니다."

당초성도 나섰지만 묵죽신개는 그 청을 거절했다.

"상대가 독을 쓰는 사람이 있고 또 공격이 유용하여 당가에서도 몇 데려갈 생각이 있네만 자네는 아니야. 자넨 따로 할 일이 있다고 하지 않았나?"

"그건 시간적 여유가 있을 때 그런 것이지요. 하루 정도의 시간으로 남궁세가를 뒤덮는 진법을 설치할 수는 없습니다. 그저 일부분에서 영향을 끼칠 수 있을 정도일까요?"

"그것으로도 충분하지 않을까 싶은데. 우리의 목표는 대정련과 악가, 팽가의 지원군이 도착할 때까지 버티는 것. 자네의 진법이면 큰 도움이 될 것이야."

"노부도 부탁을 하마. 곳곳에 기관이 설치되어 있기는 하지만 많이 미흡하다. 너의 손길이 많이 필요할 듯싶구나."

남궁격의 말에 당초성이 어쩔 수 없다는 듯한 표정으로 고개를 끄덕였다.

"알겠습니다. 할 수 있는 한 최선을 다하도록 하지요."

당초성의 결의에 찬 대답을 들으며 흐뭇한 미소를 짓던 남궁격이 좌중을 둘러보며 말했다.

"적이 코앞에 왔소이다. 강한 적이오. 지금껏 경험해 보지 못한 강한 적. 그들이 우리 남궁세가를, 여러분을 노리며 야수처럼 달려오고 있다 하는구려. 하나 걱정하지 마시오. 놈들의 힘이 아무리 강하다 해도 우리를 이길 수는 없소. 여러분께서 본가에 보여준 의리와 믿음, 그리고 우리의 터전을 스스로 지키겠다는 신념이 있는 한 그런 일은 절대로……."

확신에 찬 어조로 전의를 다지는 남궁격의 말은 아쉽게도 끝까지 이어질 수가 없었다. 너무도 다급한 급보가, 남궁격의 말을 끊어야 할 정도로 절망적인 소식이 도착한 때문이었다.

"이, 이럴 수가!"

남궁격이 연설을 하는 동안 은밀히 전해진 서찰을 읽어 내려가던 남궁초가 비명과도 같은 탄식을 내뱉었다.

두 눈은 화등잔만 해지고 꽉 깨문 입술에선 피가 보였으며 서찰을 구겨 쥔 손은 부들부들 떨렸다.

"무슨 일이더냐?"

서전(緒戰) 141

평소 웬만한 일에는 평정심을 잃지 않던 남궁초의 모습에 남궁격도 다소 놀란 듯한 모습이었다.

남궁초는 차마 말을 하지 못하고 고개를 떨어뜨렸다.

곁에서 이를 지켜보던 남궁건이 답답함을 참지 못하고 그가 떨어뜨린 서찰을 집어 들었다. 그리곤 채 몇 줄을 읽지도 않고 남궁초보다 더욱 격렬한 반응을 보였다.

"아, 아버님, 패, 팽가가… 악가가……."

"그들이 왜? 말을 하여라!"

남궁격이 참지 못하고 언성을 높였다. 그만큼 당황하고 있다는 증거였다.

남궁격의 호통에 간신히 마음을 다잡은 남궁건이 절망 섞인 어조로 입을 열었다.

"본가를 돕기 위해 오고 있던 팽가와 악가가 암흑마교의 공격을 받았다고 합니다."

순간 이곳저곳에서 나직한 탄성이 터져 나왔다.

남궁격은 아무런 반응도 보이지 않았다. 정작 중요한 결과를 듣지 못했기 때문이다.

"그 싸움에서 악… 가는 전멸을 당했고… 팽가 역시 그에 준하는 피해를 당했다고 합니다."

남궁격의 몸이 휘청거렸다.

의식하지 않아도 절로 눈이 감겼다.

손가락뼈가 으스러지도록 주먹을 움켜쥐었다.

남궁격의 격한 반응에 놀란 묵죽신개가 그의 팔을 잡으며 말했다.
　"진정하게. 자네가 이러면 어쩌나? 싸움은 아직 시작도 하지 않았거늘."
　수장이 흔들리면 그 조직은 굳이 치지 않아도 밑에서부터 무너지게 되어 있는 법. 남궁격은 어떤 상황에서도 굳건히 자리를 지키며 모든 이의 버팀목이 되어야 하는 의무가 있었다. 그것은 누가 대신해 줄 수 있는 것이 아니었다.
　"알았네. 걱정하지 말게."
　묵죽신개의 한마디에 평정심을 회복한 남궁격이 남궁건에게 물었다.
　"그게 전부더냐? 서찰은 누가 보낸 것이냐?"
　"팽가의 생존자로부터 온 것입니다. 그리고 그들을 공격했던 암흑마교의 무인들 역시 전멸을 면치 못했다고 합니다."
　곳곳에서 함성이 터져 나왔다.
　"과연."
　"역시 오대세가로군. 쉽게 당하지는 않았어."
　사람들은 전멸을 당했더라도 최소한 상대에게 그만한 타격을 입힌다는 것, 그것이 바로 오대세가의 저력이라며 떠들어댔다. 하지만 이어진 남궁건의 말은 그들의 예상을 뒤집기에 충분했다.
　"그들을 공격했던 암흑마교를 잠재운 것은 대정⋯ 련의 정예라고 합니다. 아버님, 이게 대체……."
 서찰을 읽어가던 남궁건이 이해할 수 없다는 표정으로 고개를 들었다.
 "새로운 지원군이 온 것이냐?"
 묵죽신개의 말에 남궁건이 고개를 흔들었다.
 "그런 말은 없습니다."
 "하면 대체 그들은 어디서 나타났단 말인가? 그런 말은 듣지 못했는데."
 묵죽신개가 이해를 할 수 없다는 표정을 지었다.
 바로 그때였다.
 가만히 얘기를 듣고 있던 당초성이 더없이 굳은 얼굴로, 그리고 분노에 찬 음성으로 말했다.
 "버림받은 겁니다."
 일순간에 모든 이의 시선이 당초성에게 쏠리고 당초성은 자신의 생각을 확인 차 남궁건에게서 서찰을 건네받아 차분히 읽어 내려갔다.
 사람들은 숨도 쉬지 못하고 당초성의 입만 바라보았다.
 잠시 후, 당초성이 허탈한 웃음을 지으며 말했다.
 "대정련의 지원군은 오지 않습니다."
 서찰을 구기는 당초성의 눈에서 싸늘한 기운이 새어 나왔다.
 "그들은 우리를 버렸습니다."

*   *   *

 오백여 년 전, 암흑마교에 대항하기 위해 힘을 합쳤던 구파일방이 암흑마교의 재림에 다시 한 번 힘을 합쳐 만들어낸 대정련은 그야말로 무림을 지키기 위한 최후의 보루로 여겨지고 있었다.

 대정련은 련주와 거의 대등한 권한을 지니고 있는 여덟 명의 장로, 군사가 참여하는 십인회를 가장 최상위의 결정 기구로 선택했는데 그 면면은 다음과 같았다.

 련주인 소림사의 공진 대사, 무당파의 대장로 운각 진인, 화산파의 문주 이진한, 종남파의 문주 곡상천, 개방의 방주 구인걸, 점창의 전대 고수 단사정(段仕整), 청성파의 대장로 천선자, 공동파의 장로 덕명 진인(德銘眞人), 아미파의 불연 신니 등 오십여 년 전부터 명목상으로만 구파일방에 포함되고 있는 곤륜파를 제외한 각 문파를 대표하는 인물들과 어쩌면 가장 파격적인 등용이라 할 수 있는 군사 영운설이 십인회를 구성하는 수뇌들이었다.

 그리고 암흑마교가 본격적으로 움직이는 것과 때를 같이하여 열 명의 수뇌들도 매일같이 머리를 맞대고 회의를 거듭했다.

"솔직히 지난번 계획을 수립할 때 군사의 의견에 반대를 하기는 하였지만 지나고 보니 어쩌면 탁월한 선택이 아니었나 하는 생각이 들 정도입니다."

모두의 시선을 자신에게 쏠리게 만든 구인걸이 노란 종이 쪼가리 몇 장을 뒤적이며 말을 이었다.

"군사는 남궁세가가 암흑마교를 이길 수 있는 방법은 사천당가와 악가, 팽가, 그리고 우리 대정련의 정예가 모두 모였을 때만이 가능하다고 예상했습니다."

"이기는 것이 아니라 버티는 것이라 했지요."

곡상천이 간단히 덧붙였다.

"예, 그 정도 전력으로도 이기긴 힘들다고 했습니다. 그리고 말했지요. 절대 그렇게 될 수가 없다고. 암흑마교가 그 꼴을 그냥 두고 보지는 않을 것이라고요. 그리고 다들 아시다시피 군사의 예측은 정확했습니다. 암흑마교는 대정련에서 출진시킨 지원군의 움직임을 처음부터 면밀히 관찰하였고 대규모의 병력이 함정을 파고 기다리고 있었습니다. 또한 개방의 정보망에 의하면 하북팽가나 산동악가 역시 그들이 움직이는 동선으로 상당한 병력이 이동하고 있다는 것이 확인되었지요. 만약 정면으로 부딪쳤을 때 결과가 어찌 나올지는 모릅니다. 그들을 모두 물리치고 남궁세가로 적절한 시간에 지원을 할 수 있을지, 아니면 물리치기는 하되 막대한 피해를 당하게 될지, 그도 아니면 오히려 놈들에게 당할 수도 있는 일이지요."

구인걸의 시선에 영운설이 말을 받았다.

"지난밤 올라온 보고대로라면 아마 지금쯤 암흑마교와 팽가, 악가가 충돌할 것이고 둘로 나뉘어 움직인 대정련의 정예는 팽가와 악가를 공격하는 암흑마교의 뒤를 칠 것입니다."

"적이 눈치 채지는 않았느냐?"

화산파 문주 이진한이 물었다.

"예, 현재까지는 아무런 눈치도 채지 못한 것으로 압니다. 그것은 오직 개방의 헌신적인 노력 덕에 가능한 것이었습니다."

영운설의 칭찬에 구인걸이 멋쩍은 웃음을 흘렸다.

"군사께서 우리 개방의 얼굴에 금칠을 해주시는구려. 아무튼 알아주니 고맙소이다."

구인걸의 웃음을 바라보던 덕명 진인이 가볍게 헛기침을 하며 말했다.

"어쨌건 군사의 혜안이 옳았다는 것은 확실히 증명이 되었군요. 대정련의 지원군을 노리는 암흑마교의 마수도 피했고 운이 좋으면 팽가와 악가를 노리는 놈들을 한 번에 쓸어버릴 수도 있을 것입니다. 문제는 바로 그다음이지요. 과연 그들의 힘이 합쳐진다고 해도 남궁세가가 암흑마교의 공격을 견디어낼지가 의문입니다."

"견디어내겠지요. 아니, 반드시 견디어야 합니다."

"암요. 잘해낼 겁니다."

구인걸이 힘주어 말하자 전략상 남궁세가가 얼마나 중요한지 알고 있는 이들이 저마다 맞장구를 치며 남궁세가의 선전을 빌었다.

그 순간, 그들의 웅성거림과는 달리 너무도 무심하여 오히려 시선을 집중시키게 만드는 음성이 있었다.

"대정련의 정예는 남궁세가로 가지 않을 것입니다."

영운설의 말에 회의장에 순식간에 침묵이 찾아왔다.

"지금 그게 무슨 뜻이냐? 대정련의 정예가 남궁세가로 가지 않는다니?"

이진한이 황급히 질문을 던졌다.

"제가 군사의 자격으로 그들에게 명을 내렸습니다. 그들은 남궁세가로 가지 않습니다."

"마, 말도 안 되는! 어째서 그런 것이냐?"

"이길 수 없기 때문입니다."

영운설의 음성은 단호했다.

"허! 그리 중요한 사항을 어찌 너 혼자 결정했단 말이냐?"

이진한의 얼굴이 점점 붉어지는 것을 공진 대사가 그를 달래며 말했다.

"잠시만요."

공진 대사의 부드러운 시선이 영운설을 향했다.

"아침에 잠시 얘기를 나눌 때만 해도 군사는 그런 말이 없었습니다. 그렇지요?"

"예."

"한데 지금은 어째서 전혀 상반된 이야기를 하는 것이지요? 이유가 있을 것 같군요."

"그렇습니다. 미처 생각하지 못했던 변수가, 너무도 큰 변수가 생기고 말았습니다."

"그 변수라는 것이 대의를 외면해야 할 정도로, 신의를 저버릴 정도로 중요한 것입니까?"

"예."

"그것이 무엇인지 듣고 싶군요. 군사가 절차를 무시할 정도로 서둘러야 했던 이유를 말이지요."

자신에게 쏟아지는 시선을 바라보며 잠시 호흡을 가다듬은 영운설이 약간은 떨리는 음성으로, 그러나 차분히 입을 열었다.

"백독곡이 남궁세가를 치기 위해 움직인 것은 아실 겁니다."

"개방에서 가장 먼저 그들의 움직임을 간파했소."

구인걸의 말에 영운설이 고개를 끄덕였다.

"그랬지요. 솔직히 인원도 얼마 되지 않았고 그들의 독공이라면 당가가 충분히 감당하리라 여겼습니다. 그것이 얼마나 큰 착각이었는지……."

영운설이 잠시 말을 끊었지만 아무도 질문을 던지거나 의견을 개진하지는 못했다. 그만큼 영운설의 태도에서 느껴지는 심각함이 피부로 전달되었기 때문이다.

영운설이 가만히 물었다.

"혹시 독인(毒人)이 무엇인지 아시는지요?"

* * *

"독인이요? 실로 끔찍한 괴물이지요."

당월하가 몸서리를 치며 말했다.

"강시하고 다른 겁니까?"

"예, 강시는 아닙니다. 강시는 죽은 시신을 이용해 만드는 것이지 않습니까? 하지만 독인은 다릅니다. 살아 있는 사람을 이용해 만드는 것입니다. 단, 살아 있기는 하되 인간이라 부를 수는 없습니다."

"어째서 그렇습니까?"

도극성이 고개를 갸웃거리며 물었다.

"그들의 피부며 머리카락, 심지어 내뱉는 숨결까지도 극독을 함유하고 있습니다. 심지어 몸속에 흐르는 피까지 독이라는 말이 있습니다. 하니 어찌 인간이라 할 수 있겠습니까?"

"그렇군요."

"한데 어째서 독인에 대해 물으시는 겁니까?"

당월하의 물음에 도극성이 어색한 웃음을 지으며 대답했다.

"방금 전 묵죽신개께서 백독곡이 독인에 대해 연구했다는 말씀을 하셔서요. 언젠가 책에서 읽은 적도 있는 것 같고요."

"아, 그러셨군요. 하지만 걱정하지 않으셔도 됩니다. 백독곡의 수준으로는 어림도 없으니까요"

당월하가 크게 웃음을 터뜨렸다.

"당가도 만들지 못합니까?"

당월하의 얼굴에서 순식간에 웃음이 사라졌다.

"당가에서 다루지 못하는 독은 없습니다. 그러나 독인처럼 비인도적인 괴물, 아니, 무기라고 하지요. 무기를 만들어내지는 않습니다."

"하긴, 듣고 있는 것만으로도 독인의 처지가 불쌍해지는군요."

"단순히 불쌍한 정도가 아니오."

둘의 대화를 제법 진지하게 귀 기울여 듣던 당소추(唐燒秋)가 끼어들었다.

"독인을 만드는 방법은 조금씩 차이가 있겠지만 원리는 대소동이하오. 간단히 말해 어릴 적부터 독에 만성이 생기게 만드는 것이라오."

"어릴 적이라면 그 기준이……."

"태어나기 전부터, 어미 뱃속에 있을 때부터 독에 노출된단 말이오."

"세상에!"

도극성이 진심으로 놀란 표정을 지었다.

"태어난 이후에도 그 아이는 결코 평범하게 자랄 수가 없소. 입고 먹고 자는 것 모두가 독과 연관이 있어야 하며, 아, 물론 처음부터 극독을 접하는 것은 아니라오. 조금씩 그 강도를 강하게 하는 것이지. 가장 고통스런 단계는 온몸으로 독을 흡수하는 과정을 거치는 것인데 매일같이……."

"아니요. 됐습니다. 듣는 것만으로 소름이 끼치네요."

도극성이 팔뚝을 내보이며 웃었다.

"한데 위력이 강하긴 강한가요? 그 독인이라는 괴물, 아니, 무기가요?"

당소추는 엄지손가락 하나를 치켜세우더니 가만히 말했다.

"가히 천하제일의 무기라 해도 과언이 아닐 것이오."

"천하제일이라……."

도극성이 가만히 읊조릴 때 가장 앞장서 걷던 묵죽신개로부터 신호가 왔다. 순간, 일제히 움직임을 멈추고 은신을 하는 일행. 오직 도극성만이 귀신과 같은 신법으로 묵죽신개의 곁으로 다가갈 뿐이었다.

"왔습니까?"

"저쪽에. 허, 대단하구나."

묵죽신개가 놀랍다는 듯 탄성을 내질렀다.

수백 명이 움직이면서도 들려오는 소리라고는 고작 그들이 내딛는 발걸음 소리뿐이었다. 워낙 많은 인원이 움직이기에 그 소리가 아주 작다고는 할 수 없지만 어둠 속에서 빠르게 이동하면서 그 정도로 침묵을 유지할 수 있다는 것만 봐도 암흑마교가 지닌 힘을 느낄 수 있었다.

"공격하기가 만만치 않겠는데요."

"그러게 말이다. 우리야 상관이 없지만 다른 사람들이 문제야."

묵죽신개가 납작 엎드려 명령만 기다리는 이들을 바라보며 한숨을 내쉬었다.

이번 작전에 동원된 인원은 총 삼십. 남궁세가와 당가를 비롯하여 남궁세가를 돕기 위해 움직인 문파에서 최정예로만 선발했지만 상대가 상대이니만큼 걱정이 앞섰다.

"괜히 무리할 필요는 없을 것 같습니다. 적당히 신경만 거스르게 만들어도 성공 아니겠습니까?"

"그렇기야 하지."

"우선 환영의 인사부터 하지요."

도극성이 당월하에게서 얻어온 주머니를 흔들거리며 웃었다.

"내가 하랴?"

"관두세요. 작아 보여도 꽤나 지독한 독이라고 하더군요."

그리곤 뒤쪽으로 손짓을 해 미리 준비해 놓은 장창 하나를

서전(緒戰) 153

건네받더니 창끝에 주머니를 매달았다.

"솔직히 마음에 드는 방법은 아니야."

"저도 그렇습니다. 웃차!"

도극성의 손을 떠난 장창이 어둠을 뚫고 치솟더니 우아한 호선을 그리며 행렬의 중심부를 향해 무시무시한 속도로 날아갔다.

"가지요."

도극성은 결과는 볼 것도 없다는 듯 몸을 돌렸다.

쐐애애액!

흑암전단의 대원들치고 저렇듯 노골적으로 들려오는 파공음을 듣지 못할 사람은 없었다. 하지만 단순히 듣는 것과 그것의 움직임을 파악하고 대처하는 문제는 별개였다. 특히나 도극성의 막강한 내력이 실린 창이라면 더욱 그랬다.

"크헉!"

소리를 듣고 고개를 돌리던 흑암이대 대원 하나가 외마디 비명을 지르며 나가떨어졌다.

그의 심장을 뚫고 들어간 창은 땅속 깊이 박힌 다음에야 움직임을 멈췄다.

"기습이다."

"적이다."

요란한 외침과 함께 흑암전단의 무인들이 공격을 대비해

경계를 강화했지만 더 이상의 공격은 없었다. 하지만 불특정 다수를 노린 은밀한 공격은 이미 시작되고 있었다.

"커흑!"

"크으으으!"

최초 창에 심장이 꿰뚫려 즉사를 한 사내를 중심으로 갑자기 비명이 흘러나오더니 흑암이대 대원 일곱이 그 자리에 쓰러졌다.

"사, 살려줘."

"으아아악!"

목줄기를 부여잡고 온몸을 비틀어대던 이들은 몇 번 숨을 헐떡거리더니만 칠공에서 피를 쏟으며 목숨을 잃고 말았다.

천외독조가 비명 소리를 듣고 달려와 조치를 취했을 땐 이미 십여 명이 넘는 인원이 목숨을 잃은 뒤였다.

"일보탈혼. 당가가 왔군."

천외독조가 독이 들었던 주머니를 아무렇게 흔들며 차갑게 웃었다.

"놈들은 어디에 있느냐?"

"이미 도주한 것으로 보입니다."

"쥐새끼 같은 놈들. 홋, 다급하긴 다급했던 모양이구나. 정인군자처럼 거들먹거리던 놈들이 이런 치졸한 방법을 동원하다니 말이야."

천외독조가 가소롭다는 듯 비웃음을 터뜨렸지만 눈앞에서

서전(緒戰) 155

수하들의 죽음을 목도한 주인곤은 여유가 있을 수 없었다.
 "이런 식으로 공격이 지속되면 어찌해야 합니까? 아무래도 독에 대해선……."
 "걱정하지 마라. 한 번은 통했지만 두 번은 당하지 않는다. 노부가 있는 한 그리되지 않아."
 터무니없는 자신감이란 생각이 들었지만 다른 누구도 아닌 천외독조의 입에서 나온 말이었다. 그 누구도 불만을 토로할 생각도, 반박할 엄두도 내지 못했다.

第五十三章
독인(毒人)의 출현(出現)

 도극성과 묵죽신개가 이끄는 별동대들은 나름 훌륭한 역할을 하고 있었다.
 일보탈혼으로 첫 공격을 성공리에 마친 그들은 이후에도 당가가 지원한 독과 암기로 몇 번에 걸쳐 암습을 했고 적지 않은 이들을 주살할 수 있었다. 물론 암습이 거듭될수록 상대의 대응이 빨라져 성과는 줄어들었지만 암흑마교의 발걸음을 늦추고 그들에게 불안감과 혼란을 주었다는 것만으로도 충분한 효과를 거둔 것이나 다름없었다.
 그리고 공격은 계속 진행되고 있었다.
 "저들이 백독곡의 사람들인 모양입니다."

도극성이 행렬의 가장 끝에서 외따로 걷고 있는 이들을 가리키며 말했다.

"그러게 말이다."

"이번엔 저희끼리 가지요."

방금 전, 공격에서 적의 추격을 피하지 못하고 세 명이 목숨을 잃은 것을 상기한 도극성이 나직이 말했다.

"아무래도 그게 좋겠구나. 더구나 독을 쓸 가능성도 있으니 말이다."

"그럼 제가 먼저 가겠습니다."

"아니다. 이번엔 내가 먼저 가마."

"영감님이요?"

"왜? 못할 것 같으냐?"

"하하, 아닙니다."

묵죽신개의 실력을 익히 알고 있는 도극성이 흔쾌히 고개를 끄덕였다.

묵죽신개와 도극성은 나머지 인원에게 물러나라고 명한 뒤 백독곡의 인물들에게 은밀히 접근을 시도했다.

아무리 횃불로 어둠을 밝히려고 하였지만 한계가 있는 법. 검은색 야행복을 착용한 그들에게 칠흑과도 같은 어둠은 최고의 무기였다.

흐느적거리는 것처럼 보여도 그 오묘함으로 무림에서도 일절로 꼽히는 취란선보를 이용하여 적에게 접근하는 데 성공한 묵죽신개가 혼원벽력장의 절초로써 기습을 했다.
"대단한 위력."
바로 뒤에서 묵죽신개를 쫓던 도극성이 감탄을 했다. 언젠가 유운개가 사용하는 것을 보기는 했지만 그 위력 면에서 차원이 다른 것 같았다.
묵죽신개의 접근을 알아챈 세 명의 사내가 몸을 휙 돌렸다.
꽝! 꽝! 꽝!
세 번의 충돌음이 울려 퍼지고 묵죽신개의 장력에 격중당한 사내들이 그대로 나가떨어졌다.
묵죽신개는 그들을 지나 이미 다음 목표를 향해 벼락같이 움직이고 있었다.
바로 그때, 그 누구도 예상하지 못한 일이 벌어졌다.
묵죽신개가 쓰러뜨렸던, 가히 만근의 힘이 담긴 혼원벽력장을 정통으로 허용했기에 당연히 숨이 끊어졌다고 여겼던 세 명의 사내가 천천히 몸을 일으킨 것이었다.
그들은 단순히 몸을 일으키는 것으로도 부족해 자신들을 쓰러뜨리고 달려나간 묵죽신개에게 맹렬히 달려들었다.
그 움직임이 결코 예사롭지 않았다.
뒤에서 따르던 도극성이 그 모습을 보고 기겁을 하며 소리쳤다.
"영감님, 뒤!"
연거푸 손을 쓰며 눈 깜짝할 사이에 두 명의 적을 더 쓰러뜨린 묵죽신개가 고개를 홱 돌렸다. 굳이 도극성의 목소리가 아니더라도 뒤쪽에서 밀려오는 엄청난 기운을 감지 못할 그가 아니었다.

"이럴 수가!"

자신에게 달려드는 적이 조금 전 간단히 제압했던 자들이라는 것을 확인한 묵죽신개가 입을 쩍 벌렸다.

혼원벽력장에 정통으로 적중당하고도 저렇듯 살기를 풀풀 풍기고 다가오는 적을 지금껏 본 적이 없기 때문이었다. 더구나 그 속도라는 것이 가히 섬전을 방불케 할 정도로 쾌속했다.

놀라는 것도 잠시, 그들의 생생한 모습이 묵죽신개의 자존심에 불을 지폈다.

"어리석은 놈들. 죽은 듯이 누워 있으면 그나마 목숨만은 구했을 것을."

냉소를 터뜨린 묵죽신개가 이번엔 결코 실수를 하지 않겠다는 듯 내력을 끌어 모았다.

한데 뭔가가 이상했다.

묵죽신개의 눈이 당혹감으로 물들었다.

지칠 줄 모르고 치솟던 내력이 모이지 않았다. 어찌 된 일인지 숨이 가빠오고 머리가 깨질 듯 아파왔다.

"대, 대체……."

묵죽신개는 자신의 몸에서 일어나는 일을 이해하지 못했다.

"헉!"

폐부를 쥐어짜는 고통과 함께 묵죽신개의 몸이 휘청거렸다.

그에게 접근한 사내들이 괴이한 소리를 지르며 손을 뻗었다.

"꺼져랏!"

때마침 도착한 도극성이 달려오던 속도를 그대로 유지한 채 그들의 몸통을 어깨로 받아버렸다.

묵죽신개의 위험을 보고 혼신의 힘을 다한 공격이었다.

그 누구라도 온몸이 으스러져 즉사를 해야 당연한 것이었지만 세 사내는 버텨냈다. 비록 형편없이 나뒹굴었으나 이내 아무런 일도 없다는 듯 툭툭 털고 일어난 것이었다.

"망할!"

도극성은 멀쩡히 일어나는 적을 보며 인상을 찌푸렸다.

오히려 공격을 했던 자신의 어깨가 저릿저릿한 것이 예감이 영 좋지 않았다.

머뭇거릴 틈이 없었다.

도극성은 이미 정신을 잃고 혼절한 묵죽신개를 들쳐 업고 내달리기 시작했다.

그를 중심으로 어느새 포위망이 갖춰졌지만 완벽한 것은 아니었다. 설사 그렇다 해도 표영이환보와 능광신법이 있는 한 지옥에서도 무사히 빠져나올 자신이 있는 도극성을 잡아

두기란 힘들었다.

서너 번의 발놀림과 도약으로 단숨에 포위망을 뚫고 사라진 도극성의 뒷모습을 보며 천외독조의 입가에 비웃음이 흘렀다.

"훗, 차라리 이곳에서 뒈지는 것이 나았을 것을. 뭐, 어차피 늙은 거지는 황천을 보게 되겠지만."

"이게 어찌 된 일인가?"

내실에 있다가 비보를 듣고 달려나온 당고후가 혼수상태에 빠진 묵죽신개를 바라보며 소리쳤다.

"그게… 독에 중독되신 것 같기는 한데 잘 모르겠습니다. 아, 조심하십시오."

당고후가 묵죽신개를 살피려 하자 도극성이 다급히 만류했다.

"어르신을 살피려다가 중독된 이들도 있습니다."

"설마하니 나까지 중독될 것 같은가?"

당고후가 언짢은 기색을 보이자 곁에 있던 당월하가 고개를 흔들었다.

"장로님, 소추 형님도 중독되었습니다."

"뭣이? 심각하더냐?"

"위험할 정도는 아닙니다만 독에 중독된 것은 틀림없습니다."

"단순히 살피는 정도로?"

"예."

당고후의 안색이 한층 심각해지더니 때마침 방 안으로 들어서는 당소추를 보며 물었다.

"중독되었다고 들었다. 해독은 하였느냐?"

"이상함을 느끼고 바로 물러난 덕에 괜찮습니다. 조금 간지럽기는 합니다만 몸 안으로 침투하지는 못했습니다."

당소추가 빨갛게 부풀어 오른 손을 내보이며 말했다. 화상이라도 당한 듯 붉은 기운에 새까맣게 변색되어 흔적도 보였다.

"어떤 종류의 독이라 생각하느냐?"

"모르겠습니다."

당소추가 솔직하게 대답을 했다.

"자네는 괜찮은가?"

당고후가 염려스런 눈길로 도극성을 바라보았다.

"예. 저는 괜찮습니다."

"그렇잖아도 이상해서 여쭤보았더니 어릴 적에 영약을 많이 복용하였더군요."

당월하의 말에 도극성이 쓴웃음을 지었다.

"그도 그렇지만 독에 내성이 생겨서 그럴지도 모릅니다. 이래저래 많이 당했거든요. 특히 장로님도 아시다시피 숙살단의 공격엔 꽤나 심하게 당하지 않았습니까?"

물론 그보다는 평상시에 몸을 보호하는 호신강기가 독의 침입을 원천적으로 막아냈기 때문에 무사한 것이었지만 굳이 언급하지는 않았다.

"그래, 기억이 나는군."

얼마 전, 도극성이 숙살단의 분신혈화를 통한 공격에 심각하게 중독되어 목숨을 잃을 뻔한 일을 떠올린 당고후가 고개를 끄덕였다.

"그건 그렇고, 어르신은 어찌 되시는 겁니까? 모시고 오는 내내 노력을 하였지만 상세가 점점 악화되는 것 같습니다."

"기다려 보게."

도극성과 당월하의 경고가 마음에 걸렸는지 당고후는 묵죽신개의 몸에서 나오는 독성을 막아줄 수 있는 녹피 장갑을 손에 끼고 차분히 살피기 시작했다. 손길이 어찌나 조심스러운지 곁에서 보는 것만으로도 긴장이 되었다.

"장로님."

남궁세가 주변에 설치된 기관을 둘러보던 당초성이 방 안으로 뛰어들어 왔다.

"어찌 된 건가?"

도극성은 묵죽신개가 백독곡을 공격할 당시의 상황을 자세히 설명했다.

당초성은 세 명의 괴인이 묵죽신개의 공격을 받고도 멀쩡

했다는 설명에 두 눈을 휘둥그레 뜨더니 이어 도극성의 공격도 아무런 효과를 발휘하지 못했다는 말을 듣고는 아예 기절할 듯 놀라고 말았다.

"세상에! 자네의 공격이 통하지 않았단 말인가?"

"예, 오히려 공격했던 제가 튕겨져 나올 정도였습니다."

"기절할 노릇이군."

천하에 누가 있어 도극성의 공격을 무방비로 허용하고도 무사할 수 있단 말인가! 그의 말이 사실이라면 이건 심각해도 보통 심각한 일이 아니었다.

잠시 후, 한참 동안이나 묵죽신개를 살피던 당고후가 이마에 송골송골 맺힌 땀을 닦으며 허리를 폈다.

"어떠십니까?"

도극성과 당초성이 동시에 물었다.

"심각해."

"설마 가망이……."

"그 정도까지는 아니네. 일단 당가가 지닌 흡독주(吸毒珠)로 독을 뽑아내고 해독제를 복용시키면 몸 안에 침투한 독의 대부분은 제거할 수 있을 터. 독이 다행히 오장육부까지는 침투하지 못했어. 자네가 애쓴 덕일 게야."

"후~ 천만다행입니다."

도극성이 땅이 꺼져라 안도의 한숨을 내쉬었다.

"무슨 독입니까? 이 친구에게 들자니 묵죽신개께서 놈들과

접촉하신 것은 처음 공격할 때 잠깐이라고 하였는데요."

"내가 심각하다고 한 이유가 바로 그것 때문이다. 아무래도 심혼지독(心魂之毒) 같구나."

순간, 당초성의 얼굴이 딱딱하게 굳었다.

"지금… 심혼지독이라고 하셨습니까?"

"내가 확인한 것이 틀리지 않는다면."

"불가능합니다."

당초성이 단호히 고개를 흔들었다.

"어찌 심혼지독이 존재할 수 있단 말입니까?"

지금껏 당초성의 안색이 이토록 파리해진 것을 본 적이 없는 도극성이 궁금함을 참지 못하고 물었다.

"심혼지독이 대체 무엇이길래 그러십니까?"

"……."

"형님!"

"절대로 존재해서는 안 되는 독, 그게 바로 심혼지독이네."

의문이 해소되지 않은 도극성이 답답한 표정을 짓자 당월하가 가만히 그의 팔을 잡았다.

"심혼지독이란 말 그대로 영혼까지 독에 물든 자들의 몸에서 뿜어져 나오는 독기입니다. 주변의 모든 것을 말살하는, 존재하는 것 자체가 재앙인 괴물들."

당가의 사람들을 제외한 모든 이의 시선이 당월하에게 쏠렸다.

"백독곡이 독인을 만들어낸 것 같습니다."

    *   *   *

아직까지 어둠이 온 세상을 지배하고 있는 이른 새벽.
산더미처럼 쌓인 보고서 중 가장 위에 올려 있는 보고서를 손에 든 신산의 얼굴이 잔뜩 찌푸려졌다.
"흑검일대와 흑검이대의 전멸이라……. 팽가와 악가의 지원군을 쓸어버린 것은 환영할 만한 일이나 생각지도 못했던 피해야. 제법 아프군. 흑검단주는 대체 뭘 하고 있다더냐?"
"놈들의 흔적을 뒤쫓고 있는 것 같습니다."
투밀단의 부단주 마승(馬乘)이 즉시 대답했다.
"멍청한 위인 같으니. 이제야 찾으면 뭘 어쩌자는 거야? 찾을 수도 없을 것이고 찾아봤자 어차피 뒷북을 치는 것밖에 되지 않는 것을. 쓸데없는 짓 하지 말고 당장 남궁세가로 합류하라고 해."
"그러다 배후를 공격당할 수도 있지 않겠습니까?"
마승의 말에 신산이 가만히 그를 바라보았다.
한심하다는 듯 바라보는 눈길에 마승이 어쩔 줄을 몰라 했다.
"인근 지역에 쫙 깔린 투밀단의 이목에도 걸리지 않고 사라진 놈들이다. 그런 놈들을 무슨 수로 찾아낸다는 말이야?"

"죄, 죄송합니다."

"무엇보다 놈들은 남궁세가로 향하지 않았다고 하지 않았느냐?"

"분명 그쪽은 아닙니다."

"누구의 생각인지 몰라도 대단해. 설마하니 대정련에서 남궁세가를 포기할 줄은 꿈에도 몰랐어."

"정말 포기했다고 생각하시는지요?"

마승이 조심스레 물었다.

"아니면? 처음부터 놈들은 우리가 자신들을 노리고 있다는 것을 알고 있었어. 그랬으니까 그런 꼼수를 썼겠지. 뭐, 좋아. 그 정도야 조금만 생각하면 알 수 있을 테니까. 문제는 그 이후의 일이야. 명색이 정파라 자부하는 놈들이라면 흑검일대와 흑검이대와의 싸움 이후에 당연히 남궁세가로 방향을 틀었어야 해. 한데 놈들은 정반대로 움직였어. 이후, 엄청난 욕을, 아니, 단순히 욕 정도가 아니지. 그들의 기반 자체가 흔들릴 수 있는 위험성을 각오하고 말이야. 지금까지의 상식으로는 결코 있을 수 없는 일이지. 어린아이로 보았는데 그게 아닌 모양이다."

"대정련의 군사라는 영운설을 말씀하시는 겁니까?"

신산이 흥미로운 미소를 지으며 고개를 끄덕였다.

"대정련의 늙은이들은 결코 그런 명을 내릴 수가 없어. 있다면 오직 그녀뿐이다. 문제는 그녀가 그런 무리수를 두면서까지 과연 무엇을 노리냐 하는 것인데……."

아무리 생각해도 명확히 떠오르는 것이 없었다. 고개를 흔든 신산이 다시 물었다.

"흑암전단은?"

"대정련의 정예가 사라졌다는 사실을 알자마자 남궁세가를 치기 위해 움직였다고 하고 그들과 합류하기 위해 흑영전단 역시 속도를 높였습니다."

"백독곡이 도착한 순간 예상되었던 일이지. 애당초 천외독조가 기다릴 것이란 생각은 하지도 않았다. 팽가와 악가의 지원군이 사라졌고 대정련까지 외면을 했으니 남궁세가를 무너뜨리는 일은 문제도 아니겠군."

"예, 단순히 시간문제라 판단하고 있습니다."

"좋아, 이제부터는 사라진 대정련의 정예를 찾는 데 전력을 다하도록 한다. 투밀단의 모든 역량을 동원해 놈들을 쫓아라."

"반드시 찾아내겠습니다."

"그건 그렇고… 초혼살루의 본거지는 찾아내었느냐?"

"그, 그것이… 송구합니다."

마승이 얼굴을 붉히며 고개를 조아렸다.

"명색이 무림 최고의 살수 단체가 아니더냐? 쉽게 꼬리를 잡힐 놈들은 아니다. 그래도 찾아내야 돼."

"속하가 한말씀 드려도 되겠습니까?"

"해봐."

"솔직히 꼬리를 말고 사라진 초혼살루를 굳이 찾아야 하는 이유를 모르겠습니다."

"그렇게 생각할 수도 있겠지만 넓게 보자면 그래야 하는 이유가 있다. 우리를 배반하고 그것도 부족해 방해까지 한 놈들을 가만히 두면 같은 일이 반복될 수 있다. 감히 그런 행동을 하지 못하도록 일벌백계(一罰百戒)를 해야 한다. 우리를 배반하면 반드시 그 대가를 치러야 한다는 것을 머리에 각인을 시켜야 돼. 또한 교주님의 의중도 생각해야 한다."

"교주님의 의중이시라면……."

"아끼던 숙살단주가 묵혈이라는 놈에게 당하지 않았느냐? 그에 대해 딱히 언급은 하지 않으셨지만 몹시 언짢아하셨다. 가급적 빨리 찾아내."

"알겠습니다. 망혼곡이라는 단서를 찾아내었으니 곧 꼬리를 잡을 수 있을 것입니다."

"좋아, 기대하고 있지."

그 말을 끝으로 마승을 물린 신산이 멀리 동녘 하늘에서 시작하는 여명을 바라보며 가만히 읊조렸다.

"망혼곡이라……. 홋, 용케 알아냈군. 아무튼 초혼살루는 지금쯤이면 끝장이 났을 것이고, 이제는 남궁세가와의 싸움이 어찌 될지 결과만 기다리기만 하면 되는 것인가?"

피곤이 밀려오는지 깍지를 끼고 기지개를 켜는 신산의 얼굴은 어린아이처럼 천진하기만 했다.

*　　　*　　　*

운명의 날이 밝았다.

지난밤, 도극성 등이 필사적으로 노력을 하였지만 남궁세가를 향해 접근하는 암흑마교의 행보를 완전히 멈추게 할 수는 없었다.

독인의 출현.

너무도 충격적인 소식에 남궁세가는 뜬눈으로 밤을 지새우며 대책을 마련코자 하였으나 아무리 머리를 맞대고 지략을 짜내보아도 도무지 방법이 없었다. 무엇보다 '당가의 모든 전력이 투입되지 않는 한 막을 수 없다'라는 당고후의 말은 밤을 새워 계획을 세우던 이들을 절망의 구렁텅이로 밀어 넣었다.

"정말 방법이 없단 말인가?"

적이 반 시진 거리까지 도착해 있다는 소식을 전해 들은 남궁격이 탄식하듯 말했다.

"가주님."

웅검당주(雄劍堂主) 남궁걸(南宮杰)이 다급한 걸음으로 의검전에 들어섰다.

"놈들이 이미 이동을 시작했습니다."

다들 올 것이 왔다는 표정으로 짧은 신음을 흘렸다.
"어디까지 왔느냐?"
"일각 이내면 도착할 것 같습니다."
"알았다."
대답과 함께 천천히 몸을 일으키는 남궁격의 손에는 지금의 그를 있게 만들어준 송학검(松鶴劍)이 들려 있었다.
"초야."
"예, 가주님."
"지금 즉시 세검전(洗劍殿)에 적의 침입을 알려라."
"알겠습니다."
명을 받은 남궁초가 남궁세가의 노고수들이 머물고 있는 세검전으로 달려갔다.
남궁격이 남궁세가를 돕기 위해 달려온 이들에게 정중히 고개를 숙였다.
"오늘의 후의는 결코 잊지 않겠소이다."
"후의라고 할 게 뭐 있겠소? 당연한 일이외다."
호남에서 두 주먹으로 명성을 떨치고 있던 무적권(無敵拳) 요림(堯林)이 백발의 머리를 쓸어 올리며 대답했다.
"아무렴요. 그간 남궁세가가 우리에게 보여준 배려에 비하면 아무것도 아니지요."
"오늘 무림의 정의가 살아 있음을 저 간악한 놈들에게 기필코 보여줄 것이외다."

곳곳에서 의기를 떨치고 일어난 명사(名師)들이 호기롭게 소리쳤다.
 "허허, 고맙소이다. 진정 고맙소이다."
 남궁격의 눈가에 붉은 기운이 서렸다.
 백척간두(百尺竿頭)의 위기에 빠진 남궁세가. 비록 싸움의 결과도, 미래도 불투명했지만 지금 이 순간만큼은 결코 외롭지 않았다.

 "지금 무엇을 하려는 겐가?"
 태무룡이 바삐 움직이는 백독곡의 무인들을 보며 물었다.
 "공격에 앞서 간단히 인사를 하려고 하네."
 "인사?"
 "지난밤에 일보탈혼의 맛을 봤으니 우리도 보답을 해야 하지 않겠나?"
 천외독조가 비릿한 살소와 함께 손짓을 하자 대기하고 있던 수하 십여 명이 괴성을 지르며 달려가더니 남궁세가를 향해 일제히 창을 뿌렸다.
 창은 각각의 공력에 따라 정문의 누각에 떨어지기도 하고 그 위를 훌쩍 넘어가기도 하였는데 특이할 점은 도극성과 마찬가지로 창날에 주먹만 한 주머니를 매달았다는 것이다.
 "독주머니를 날린 것인가?"
 "그렇다고 볼 수 있지."

독인(毒人)의 출현(出現) 175

"재밌군. 백독곡이 자랑하는 독이라면……."
"별거 아니네. 그냥 산공독과 미몽산(迷夢散)일 뿐이야."
그러자 태무룡의 얼굴에 실망감이 깃들었다.
"백독곡이 자랑하는 오형천살독(五刑天殺毒)은 없는가?"
"있기는 하지만 하나뿐이야."
"고작 한 개?"
"당연하지 않은가? 놈들도 일보탈혼을 겨우 한 번밖에 사용하지 못했다는 것을 상기해 보게. 그런 독은 재료부터 구하기가 까다로워. 주머니 하나면 백독곡에서도 족히 일 년은 노력을 해야 얻을 수 있는 양이네. 그리고 이런 상황에선 의외로 미몽산 같은 것이 효과적이라네. 약간 어지럽고 정신을 혼란하게 만들 뿐 그다지 두드러지게 문제를 일으키는 것은 아니거든. 하지만 이런 긴박한 상황에선 꽤나 도움이 되지."

자신만만하게 대꾸하는 천외독조의 말대로 독주머니가 뿌려진 남궁세가에선 일대 혼란이 일어나고 있었다.

하필이면 오형천살독에 제대로 적중당한 정문 위 누각에선 끔찍한 비명 소리와 함께 그곳을 지키고 있던 무사 이십 명이 손써볼 틈도 없이 그 자리에서 즉사를 했는데, 독공이 있을까 걱정하여 배치된 당가의 식솔들까지 죽음을 면치 못할 정도였다.

그나마 다행이라면 당가의 재빠르고 적절한 대응으로 산공독의 대부분이 그 즉시 중화되어 사라졌다는 것. 다만 미몽

산만큼은 일부 사람들에게 은밀히, 그러나 매우 심각하게 작용하고 있었다.

"인사를 했으니 이제 풍악을 울려야 하는 것인가?"

"시작은 내가 하지!"

자신만만하게 외친 태무룡이 남궁세가의 정문을 향해 천천히 걸음을 옮겼다.

쿵쿵쿵.

그가 한 걸음 한 걸음 내디딜 때마다 묵직한 진동과 함께 땅이 푹푹 파였다.

거령신마력(巨靈神魔力)을 한껏 끌어올리며 다가서는 그의 위세는 멀리서도 오금이 저릴 정도로 무시무시했다. 그 기세를 참지 못한 반발심에 몇몇이 화살을 날리고 창도 던져 보았지만 그의 몸에 닿기도 전에 모조리 튕겨 나가 버렸다.

"버러지 같은 놈들!"

가소롭게 웃은 태무룡이 그의 독문병기를 머리 위로 한껏 치켜 올리더니 힘찬 기합성과 함께 내던졌다.

매서운 파공성을 일으키며 날아간 혈부가 남궁세가의 정문을 강타했다.

꽝!

날의 크기만 이 척이요, 손잡이까지 합치며 거의 육 척에 달하는 혈부의 힘은 무시무시했다.

혈부가 박힌 곳에서부터 시작된 진동이 정문을 울리고 정문 위의 누각을 뒤흔들었으며 나아가 주변 성곽에 있는 이들까지 그 진동에 전율케 만들었다.

"흐흐흐, 버텨내는 것을 보니 단단하긴 제법 단단하군."

태무룡은 거대하기가 이를 데 없는 남궁세가의 정문을 통째로 날려 버리지 못해 아쉽다는 듯 괴소를 터뜨린 뒤 수하들을 독려하며 공격 준비를 하고 있던 주인곤에게 소리쳤다.

"시작해라!"

"존명!"

기다렸다는 듯 명을 받은 주인곤이 하늘 위로 칼을 치켜 올렸다.

"지금 이 순간부터 남궁세가를 지도에서 지운다!"

"와아아아!"

"와아!"

흑암전단이 함성으로 호응했다.

"단 한 놈도 놓치지 마라. 공격!"

우레와 같은 함성 소리가 터져 나오고, 함성 소리보다 더한 살기를 뿜어내며 전진하는 흑암전단.

밤새운 이동으로 지칠 만도 하건만 눈에 핏발을 세우며 달려드는 그들의 모습에선 달콤한 휴식보다는 싸움에 대한, 피에 대한 욕구가 더욱 강한 듯 보였다.

    *   *   *

쿠쿠쿠쿠쿠!

사위를 압도하는 굉음과 함께 십여 장 높이의 절벽에서 어마어마한 물줄기가 떨어지고 있었다. 물줄기가 떨어진 곳은 그 깊이가 보이지 않을 정도로 깊은 연못이 형성되어 있었고, 하얗게 피어오른 작은 물방울들이 마치 안개처럼 주변의 시야를 가렸다.

한데 어느 순간, 주변의 시야를 가리던 안개가 삽시간에 사라지고 천지를 울리던 굉음이 들리지 않는가 싶더니 수천, 수만 년 동안 호호탕탕 흘러내리던 폭포의 물줄기가 끊겼다.

"아아!"

"세, 세상에!"

폭포 주변, 언제부터인가 잔뜩 긴장한 표정으로 대기하고 있던 이들의 눈이 경악으로 물들었다. 경악은 곧 절대적인 믿음과 경외심으로 변해 한 사내를 바라보게 만들었다.

그 어떤 힘도 멈추지 못하게 만들었던 폭포의 물줄기를 가른 사내가 칼을 늘어뜨리고 채 천천히 걸어나오고 있었다.

끊어졌던 물줄기가 다시금 세차게 떨어져 내리고 그 물줄기를 온몸으로 받아내면서도 한 치의 흐트러짐도 보이지는 않는 사내 장영이 뭍으로 오르자 어느새 나타났는지 세 명의 사내가 그의 곁에 서 있었다.

적안에 적발, 적미를 지닌 이들.

영혼의 도살자, 또는 사황의 칼이라 불리는 그들은 처음부터 그렇게 존재했다는 듯 장영의 발걸음에 그림자처럼 따라붙었다.
"그 무공… 사령단섬폭이더냐?"
예당겸이 감격스런 표정을 지으며 물었다.
"예."
"천만 근의 힘을 지녔다는 폭포의 물줄기를 끊는 위력이라니! 내 일전에 방주의 사령단섬폭을 견식한 적이 있다만 네 것에 비할 바가 아니었다. 그야말로 태양과 반딧불의 차이야."
"장로님 덕분입니다."
장영이 담담하게 말했다.
"아니다. 그것이 어찌 나의 덕이란 말이냐? 그토록 짧은 시간에 환혼주의 힘을 얻고 사황의 무공을 대성할 수 있었던 것은 오직 너의 의지와 노력 때문이다. 장하다. 정말 장해."
예당겸은 치미는 격정을 참지 못하고 장영의 어깨를 부둥켜안았다.
"하하하! 내 살아생전에 사황의 재림을 보게 되었구나."
현음궁의 생존자들을 이끌고 예당겸에게 합류한 산정호가 환한 얼굴로 입을 열었다.
"사부님."
"축하한다. 네가 살아 있다는 말을 들었을 때 얼마나 기뻤는지 모른다."

 장영이 이룬 성과에 산정호 역시 자신의 일처럼 기뻐하고 있었다. 비록 출신 문파는 다르지만 사도천의 후계자로서 장영은 사도천 수뇌들의 공동 전인이나 다름없었다.
 "제자 역시 사부님을 다시 뵙게 되어 너무도 기쁩니다."
 여섯 사부 중 이제 남은 이는 산정호뿐. 장영의 얼굴에도 기쁨의 웃음이 넘쳐흘렀다.
 잠시 후, 사도천의 생존자들의 열렬한 환호를 받으며 자리를 옮긴 장영이 예당겸에게 물었다.
 "무림의 상황은 어떻습니까?"
 "네가 폐관 수련할 때와 별다르지 않다. 단지 암흑마교의 위세가 그때보다 더하다는 정도? 놈들은 이미 장강 이남을 거의 석권했고 마지막 골칫거리를 제거하기 위해 나섰다."
 "마지막 골칫거리라 하시면······."
 "남궁세가. 그들만 사라지면 놈들의 행보를 막을 수 있는 곳은 아무 곳에도 없다."
 "그들의 힘을 생각했을 때 이미 끝난 것이나 다름없지."
 산정호가 한숨을 내쉬며 말했다.
 "대정련은 그냥 보고만 있었단 말입니까? 게다가 남궁세가는 오대세가인데요."
 "대정련에선 이미 지원군을 보낸 모양이더구나. 오대세가는··· 모용세가는 이미 멸문지화를 당했다. 나머지 세가에선 지원군을 보낸 모양이다만."

"그렇군요."

수백 년 동안 무림을 호령하던 모용세가가 멸문지화를 당했다는 말에 장영은 자신도 모르게 입술을 비틀었다.

"남궁세가를 쓸어버린 암흑마교는 곧 북상을 할 것이고, 이는 곧 제이차 무림대회전(武林大會戰)을 의미하는 것이다. 아니지. 놈들이 발호하는 순간 이미 벌어진 것이나 다름없다고 봐야겠지."

"수라검문은 살아남았습니까?"

"물론이다. 애써 무시를 하곤 했지만 역시 수라검문은 수라검문이야. 소문엔 폐인이 되었다고는 하지만 어쨌든 문주인 좌패천도 살아남았고. 근래 들어 그 힘을 조금씩 되찾고 있는 중이다. 여걸이 나왔어. 너도 알 것이다. 소벽하라고."

"예."

직접 본 것은 어릴 때지만 그 이름만큼은 항상 듣고 있었던 장영이 제법 예쁘장하게 생겼던 소녀의 얼굴을 떠올리며 고개를 끄덕였다.

"대정련과 연수 가능성이 있는 것 같던데 어떻습니까?"

산정호의 물음에 예당겸은 살짝 얼굴을 찌푸렸다.

"정확히는 잘 모르겠습니다. 하지만 그렇게 되지 않겠습니까? 나중에야 어찌 될지 모르지만 지금 당장은 암흑마교라는 대적을 눈앞에 두고 있으니."

"하면 이쪽에서도 그 가능성을 열어둬야 하지 않겠습니까?"

"그건 우리가 결정할 문제는 아닌 것 같습니다."

예당겸과 산정호의 눈길이 거의 동시에 장영에게 향했다.

"일단은 지켜보기로 하지요. 그리고 연수를 하더라도 최소한 우리가 어떤 힘을 지녔는지 보여줘야 그에 응당한 대우를 받을 수 있을 것입니다."

"솔직히 우리가 지닌 힘은 그들과 비할 바가 아니야. 대정련이야 그렇다 쳐도 수라검문에 비해서도 현격한 차이가 난다."

"한심한 일이야. 수뇌들의 대다수가 목숨을 잃고 산산이 흩어졌음에도 수라검문에서는 항복을 한 놈들이 거의 없다. 제 한목숨 살겠다고 모조리 백기를 들어버린 버러지 같은 놈들과는 달리 말이다."

산정호는 암흑마교에 복속된 광풍곡과 사혈림, 북명신문을 떠올리며 이를 갈았다. 하지만 잔뜩 흥분한 그와는 달리 누구보다도 화를 내야 할 장영은 별다른 반응을 보이지 않았다.

"차라리 없느니만 못하지요."

무심한 어조였지만 예당겸과 산정호는 어딘지 모르게 섬뜩한 느낌이 들었다.

"그런 자들은 있어봤자 도움이 되지 않습니다. 그들이 없어도 사도천이 충분히 강하다는 것을 보여줄 수 있습니다."

"어찌할 생각이냐?"

예당겸의 물음에 장영의 눈가에 혈광이 살짝 비쳤다가 사라졌다.

"그동안 당할 만큼 당했으니 이제 반격을 해야 하지 않겠습니까?"

*　　　*　　　*

단숨에 정문을 뚫고 들어온 암흑마교와 남궁세가의 싸움은 치열했다.

개개인의 실력은 다소 손색이 있었지만 수적으로 우세에 있던 남궁세가는 적이 정문을 뚫고 들어오는 순간을 기다렸다가 한꺼번에 포위 공격을 하여 섬멸하는 방식을 취했는데 기세 좋게 돌진하던 암흑마교의 무인들은 예상치 못한 공격에 본신의 실력도 제대로 발휘하지 못하고 당황하다가 초반엔 꽤나 많은 이들이 목숨을 잃었다.

하지만 이를 답답하게 여긴 태무룡이 전면에 나서서 압도적인 힘으로 공간을 넓히고 그 틈을 이용하여 암흑마교의 무인들이 수를 늘려가면서 포위 공격은 더 이상 유효할 수가 없었다.

이후 벌어진 이전투구(泥田鬪狗).

누가 아군인지 적군인지도 구별하지 못할 정도로 한데 엉켜 붙어 치열하게 벌어진 싸움에 양측은 짧은 시간에도 불구하고 막대한 피해를 당할 수밖에 없었다.

 무엇보다 무공 수위가 떨어지는 이들, 오직 의기 하나만을 가지고 남궁세가를 돕기 위해 달려왔던 주변 군소문파 무인들의 피해가 막심했다.

 반 시진도 되지 않아 무려 사백에 육박하는 인원이 쓰러지자 남궁격은 어쩔 수 없이 후퇴를 명하게 되었다.

 내원에서 벌어진 싸움은 더욱 급박하게 전개됐다.

 배수의 진을 치고 싸움에 임하는 남궁세가와 그들을 쓸어버리고 단숨에 장강 이남을 석권하겠다는 암흑마교의 의지는 또다시 엄청난 피해를 가져왔는데, 나름 치열하게 펼쳐졌지만 결과적으로 암흑마교의 압승으로 끝난 조금 전의 싸움과는 달리 암흑마교도 상당한 손실을 감수할 수밖에 없었다.

 이유는 간단했다.

 문곡성의 정기를 받고 태어나 일찍이 그 천재성을 세상에 알린 사천은현 당초성과 당가의 식솔들이 심혈을 기울여 완성시킨 기관매복에 암흑마교의 무인들이 속수무책으로 당한 것이었다.

 비록 모든 길을 차단할 수는 없었으나 내원으로 입성하는 중요 요소마다 설치된 함정은 엄청난 위력을 발휘했는데, 가장 앞장서서 싸우던 흑암일대는 괴멸적인 타격을 입었고 그들을 독려하기 위해 나섰던 주인곤까지 부상을 당했을 정도이다.

시간이 지나고 결국 내원의 길목에 설치된 모든 기관매복이 파괴되었다.

그 함정을 뚫기 위해 암흑마교는 무려 백여 명이 넘는 인원이 목숨을 잃거나 치명적인 부상을 당했다.

초반 싸움에서 목숨을 잃은 인원이 오십이 채 되지 않았다는 것을 생각하면 실로 엄청난 피해였다.

첫 싸움에서 패해 물러나 다소 의기소침했던 남궁세가는 생각보다 큰 성과에 사기가 하늘을 찔렀다.

바로 그때, 그때까지 참가하지 않았던 백독곡, 정확히 말해 세 명의 독인이 전면에 나서면서 싸움의 양상은 또 한 번 뒤바뀌었다.

금강불괴를 능가하는 강력한 몸뚱이에 움직일 때마다 전신에서 뿜어져 나오는 끔찍한 독기는 접근을 불허했고, 그들 손에 스치는 것만으로도 웬만한 이들은 다섯 걸음을 걷지 못하고 중독되어 쓰러졌다.

남궁세가의 전열이 순식간에 무너지고 전세가 급격하게 기울어지기 시작하는 시점에 독인을 막기 위해 세 명의 인물이 나섰다.

그들은 각기 당가에서 특별히 준비한 녹피 장갑과 피독주(避毒珠)를 품에 지녔는데, 전체적인 싸움의 지휘를 하고 있던 남궁격이 지휘권을 당초성에게 넘기고 셋 중 가장 키가 큰 독인과 맞섰고, 자신을 압박하던 두 명의 호법과 치열한 싸움을 전개하며 결국 모조리 패퇴시킨 도극성이 또 다른 독인을, 그리고 마지막으로 세검전에 은거했던 남궁세가의 전대 고수 남궁독(南宮督)이 가장 왜소한 덩치를 지닌 독인을 향해 공격을 시작했다.

인간이되 인간이기를 거부한 독인과 가히 절대자의 반열에 오른 세 고수의 싸움은 그야말로 경천동지, 하늘을 울리고 땅을 진동시켰다.

어려서부터 체계적인 훈련을 통해 결국 독인이 된 세 사내는 무공 역시 상당한 수준에 이르러 있었다. 누구라도 놀랄 정도로 빠른 몸놀림 하며 교묘하게 허점을 파고드는 날카로운 공세는 절로 감탄을 자아내게 만들었다. 하나, 신검무적이라 불리는 남궁격, 그의 숙부로서 전대의 검호 남궁독의 검은 실로 매섭게 독인들을 몰아쳤고, 그들보다 더욱 강한 무공을 지닌 도극성의 무위는 가히 명불허전이었다.

그럼에도 불구하고 싸움은 혼전의 양상을 띠었다.

도검불침의 경지에 오른 독인은 상대가 아무리 강하고 날카로운 공격을 퍼부어도 물러서지 않았다.

수십, 수백 번 쓰러지고 나뒹굴어도 언제 그랬냐는 듯 벌떡 일어나 시꺼멓게 변색된 이를 드러내며 거세게 달려들었다.

때로는 간담이 서늘해질 정도로 매서운 반격을 펼쳤는데

그때마다 그들의 몸에서 뿜어지는 강력한 독기는 주변의 모든 생명체를 말살하였다. 물론 그런 매서운 반격과 진저리쳐질 정도로 끔찍한 독기로도 상대는 쓰러지지 않았다.

한편, 그들과 멀찌감치 떨어진 곳에서도 남궁세가의 운명을 건 혈투가 벌어졌다.

특히 치열했던 싸움은 적혈부왕 태무룡과 그를 상대하기 위해 움직인 남궁세가의 세 노고수의 싸움이었다.

일선에서 은퇴를 하여 세검전에 은거했던 노고수들은 일찍이 남궁세가를 대표했던 검수들이었고, 그와 같은 인물들이 모여 있는 세검전이야말로 남궁세가가 지닌 진정한 힘이었다.

태무룡의 강함을 인정한 이들은 어쩔 수 없이 합공을 했다. 예전이라면 설사 목숨을 잃고 뜨거운 피를 뿌릴지언정 결코 하지 않을 행동이었으나 세가의 위기 앞에선 개인의 자존심이나 명예 따위는 초개와 같이 버렸다.

강호의 삼류들도 익히고 있다는 삼재검진.

하나, 그것이 이들의 손에서 펼쳐졌을 때 사람들은 비로소 진정한 삼재검진의 위력을 볼 수 있었다.

삼 인이 혼연일체가 되어 펼치는 삼재검진은 세상 그 어떤 연수합격보다 완벽하고 위력적인 모습으로 태무룡을 몰아붙였다.

때로는 떠다니는 구름처럼 부드럽게, 때로는 노도와 같은 기세로 거세게 휘몰아쳤다.
 공수는 완벽했으며 약점이란 존재하지 않았지만 태무룡은 독인과는 다른 의미에서 진정한 괴물이었다.
 지금껏 접해보지 못한 완벽한 연수합격에도 오히려 노고수들을 거칠게 압박하며 일신에 지닌 무공을 마음껏 자랑했다.
 그의 손이 한 번 움직일 때마다, 손에 들린 혈부가 춤을 출 때마다 주변엔 일진광풍(一陣狂風)이 불었고 전각이 무너졌으며 땅이 쩍쩍 갈라졌다.
 독인과 태무룡의 싸움을 한가로이 지켜보던 천외독조도 결국 참지 못하고 마침내 걸음을 내디뎠다.
 그의 목표는 당가의 장로 당고후. 하지만 당고후로선 천외독조의 상대가 될 수 없다고 판단한 당초성이 싸움의 지휘권을 당고후에게 맡기고 천외독조의 앞을 막아섰다.
 "네놈은 누구냐?"
 천외독조는 자신의 앞길을 막아서는 당초성을 보며 가소롭다는 듯 물었다.
 "당초성."
 순간, 천외독조의 안색이 변했다.
 "당가의 소가주?"
 "그렇다."
 "호호호, 잘되었구나. 그렇지 않아도 너를 찾으려고 하였다. 당가에서 받을 빚이 있거든. 우선은 네놈에게."

"누가 해야 할 소리인지 모르겠군. 당가는 은원을 잊지 않는다. 각오하는 게 좋을 것이다."

"어린놈이 꽤나 입이 걸구나. 좋아, 좋아. 사지가 뜯기고도 그따위 말을 내뱉을 수 있는지 보자꾸나."

"얼마든지."

당초성은 전에 없는 투기를 뿜어내며 눈앞의 상대, 세가의 원수이자 어쩌면 지금껏 만나보지 못한 최강의 상대를 노려보았다.

第五十四章
혼전(混戰)

꽝!

맹렬한 충돌음과 함께 독인의 신형이 이 장여나 물러났다.

옷은 이미 형체를 잃은 채 걸레처럼 갈가리 찢겨 나갔다.

다음 공격을 위해 호흡을 가다듬는 남궁격. 신검무적이라는 별호답게 그는 진정 강했다.

남궁격은 평생을 갈고닦은 검의를 마음껏 토해내었다.

그의 뇌리엔 암흑마교니 남궁세가니 하는 것은 이미 사라졌다.

시간의 흐름도 공간도 느껴지지 않았다.

그저 검과 하나가 되어 상대를 몰아쳐 갈 뿐.

"정말 대단하군. 신검무적 신검무적 하더니만……."

천외독조로부터 독인을 도와 남궁격을 격살하라는 명을 받은 과염(過苒)이 손에 든 암기를 들고 감탄 어린 눈을 들어 남궁격을 바라보았다.

"과연 제이의 검존으로 불릴 만한 실력이야. 하지만 아무리 강해도 신검무적 또한 인간. 인간으로서 독인을 이길 수 있는 자는 없다."

남궁격의 검은 독인에게 통하지 않았고 그와는 반대로 독인의 독은 시간이 가면 갈수록 더욱 밀도가 높아져 남궁격의 내력을 은밀히 잠식하고 있었다. 당장은 어찌어찌 버틸 수 있을지 몰라도 분명 한계가 올 것이 틀림없었다.

사실 방금 전의 공격 때 이미 그 징후가 나타났다.

남궁격의 공격에 당할 때마다 형편없이 밀려나 땅바닥을 나뒹굴던 독인이 한참이나 뒷걸음질쳤지만 쓰러지진 않았다. 남궁격의 공격에 처음으로 버텨낸 것이었다.

과염은 독인의 승리를 자신했다. 그리곤 자신의 공격은 단지 그 시점을 앞당기는 것뿐이라고 스스로를 자위하며 맹독이 발라져 있는 비도 다섯 개를 남궁격에게 천천히 겨누었다.

"크윽."

남궁독의 입에서 당황스런 외침이 터져 나왔다.

암기에 정신을 팔린 사이에 독인의 공격이 그만 팔뚝을 살짝 스치고 지나갔다.

살짝 스쳤을 뿐인데도 문제는 심각했다.

팔뚝으로 침투한 독기가 순식간에 팔을 마비시켰고, 나아가 어깨로, 몸의 중심부로 그 영향력을 확대시키기 시작했다.

일신에 지닌 내력으로도, 품에 있는 피독주의 힘으로도 도저히 제어할 수 없는 독기였다.

'아, 안 돼.'

황급히 점혈을 하여 독기의 침투를 막아보려고 하였으나 여의치 않았다.

방법이 없다고 여긴 남궁독은 그 즉시 어깨를 잘라 버렸다.

망설임 따위는 없었다.

땅에 떨어진 팔은 순식간에 괴사하여 남궁독이 어깨에서 뿜어져 나오는 피를 지혈했을 땐 이미 형체를 알아볼 수 없을 정도로 부패해 버렸다.

뼛속까지 울리는 고통에 정신이 아득했지만 남궁독은 마음을 다잡았다.

'버텨야 한다. 내가 무너지면 이 괴물을 막을 사람이 없다. 하면 세가가……'

남궁독은 중독의 여파와 팔을 잘라내는 과정에 흘린 피로 정신이 혼미했지만 이를 악물고 자세를 가다듬었다. 그리곤 괴성을 질러대며 달려드는 독인을 향해 검을 곧추세웠다.

"오라!"

'망할 놈 같으니.'

도극성은 자신의 등 뒤로 날아오는 싸늘한 기운에 흠칫 놀라며 독인의 머리를 후려치던 검을 황급히 회수하여 암기들을 쳐냈다.

비교적 쉽게 막아내긴 하였으나 절로 짜증이 솟구쳤다.

독인에 신경을 써도 부족할 마당에 자꾸만 신경을 곤두서게 만드는 암습은 그로 하여금 독인에게 모든 힘을 쏟을 수 없게 만들었다.

도극성이 암기를 날리고 재빨리 도주한 백독곡의 무인을 싸늘히 노려보았다.

당장에 달려가 끝장을 내고 싶었지만 그럴 수가 없었다.

조금 전 똑같은 상황에서 화를 참지 못하고 움직였다가 실로 큰 낭패를 당했으니, 잠시나마 자유를 찾은 독인이 남궁세가의 무인들에게 돌진해 엄청난 피해를 입힌 것이었다.

이후, 도극성은 백독곡의 무인들이 아무리 도발을 해도 독인을 떠날 수가 없었다.

'사람이 아니라 괴물이라더니 정말로 이건……'

도극성이 잠시 물러나 호흡을 가다듬었다.

독인과 싸운 지도 벌써 삼각여가 흘렀다.

짧다면 짧은 시간이겠지만 그가 암혹마교의 호법 두 명을 처리하는 데 걸린 시간이 이각이 채 안 됐다는 것을 감안하면 결코 짧은 시간이 아니었다.

 그를 비롯하여 남궁격, 남궁독 등 최고의 고수들이 독인에게 잡혀 있는 동안 남궁세가의 피해가 눈에 띄게 늘어나고 있다는 것도 심각한 문제였다.

 당고후가 혼신의 힘을 다해 지휘를 하며 전황을 유리하게 이끌려 하였으나 전력의 차이가 생각보다 심했다.

 도극성의 시선이 자신의 좌우측에서 싸우고 있는 남궁격과 남궁독에게 향했다.

 남궁격은 아직까지 큰 문제는 없어 보였으나 독인의 독에 중독되어 스스로 어깨를 잘라 버린 남궁독은 상태가 심각해 보였다.

 '이 괴물을 빨리 처리하는 수밖에 없는데.'

 무슨 수를 내도 내야 했다. 지금까지는 충분히 버텨냈다 해도 언젠가는 몸도 지칠 것이고 내력도 바닥날 수가 있었다. 독인의 몸에서 뿜어져 나오는 독기를 차단하기 위해 전력을 다해 호신강기를 펼치고 있기에 그 시간은 더욱 짧아질 수 있었다.

 도극성은 죽어라 달려드는 독인과의 거리를 두며 가만히 생각에 잠겼다.

 '단순한 타격으로는 아무런 효과를 얻지 못한다. 약점을, 약점을 찾아내야 한다.'

 제아무리 외공을 극성으로 익혀도, 전설의 금강불괴라고

해도 치명적인 약점이라 할 수 있는 조문은 반드시 존재하는 법. 문제는 지금까지 독인의 조문을 찾기 위해 온몸을 샅샅이 뒤져 보았으나 좀처럼 찾지 못했다는 것에 있었다.

생각은 오래 이어지지 못했다.

그사이에도 독인의 악착같은 공격과 함께 무수한 암기가 날아들었기 때문이다.

"환장하겠군!"

도극성의 신형이 연기처럼 사라졌다.

"제법이구나!"

천외독조가 호기롭게 소리쳤다. 하지만 자신을 향해 밀려드는 수많은 암기군을 바라보는 그의 내심은 결코 여유롭지 못했다.

쉬이익익!

조금 전, 심장을 덜컥 내려앉게 만들 정도로 날카로웠던 공격보다 더욱 빠르고 집요하게 파고드는 암기들.

조그만 암기 하나하나에 담긴 위력이 결코 만만치 않음을 몇 번의 충돌로 이미 경험을 했던 천외독조는 추호의 방심도 없이 양손을 마구 휘둘러댔다.

보기엔 그저 목숨을 구하기 위해 마구잡이로 흔드는 것 같았지만 그것을 바라보는 당초성의 안색은 가히 밝지 않았다.

천외독조의 팔이, 소매가 허공을 휘휘 저을 때마다 혼신의 힘을 다해 쏘아 보낸 암기가 모조리 튕겨 나가거나 소매가 일으킨 회전력에 휩쓸려 방향을 잃었기 때문이다.

게다가 그의 심기를 불편하게 한 것은 그런 일련의 과정 속에서도 천외독조의 움직임은 극히 제한되어 지금껏 서너 발자국도 떼지 않았다는 것과 분명 역공을 펼칠 틈이 있음에도 반격을 하지 않는다는 것에 있었다.

당초성이 이를 악물었다.

거듭된 공격에도 그다지 우위를 차지 못하자 다소 초조한 모습이었다. 그렇다고 절망을 하지는 않았다. 그에겐 아직도 무수한 암기와 천외독조의 목숨을 빼앗을 무공이 남아 있었다.

"그런 오만함이 언제까지 이어지나 보겠다."

차갑게 내뱉은 당초성의 손에는 핏빛으로 빛나는 채찍이 들려 있었다.

"음."

채찍의 정체를 알아본 천외독조의 얼굴에 처음으로 긴장어린 빛이 흘렀다.

초혼혈사(招魂血沙).

말 그대로 죽음을 부르는 모래.

수백, 수천을 자랑하는 당가의 암기와 무기 중 당당히 첫 번째 서열을 차지하고 있는 죽음의 무기로서 초혼혈사는 천년교룡(千年蛟龍)의 심줄을 꼬아 만든 줄에 아교를 이용하여 붉은 빛이 감도는 모래를 바른 것이었다.

　모래는 당가가 외부로의 유출을 절대적으로 금한 멸천지독(滅天之毒)에 천 일 동안 담가진 것을 사용했는데 채찍을 사용할 때마다 조금씩 흩뿌려지는 모래는 손톱만큼의 양만으로도 한 마을을 초토화시킬 수 있을 정도로 끔찍했다.

　설마하니 당초성이 초혼혈사를 꺼내 들 줄은 생각도 못한 천외독조의 얼굴이 딱딱하게 굳었다.

　쉬익!

　손목을 까딱거린 것에 불과했음에도 크게 원을 그린 채찍의 끝은 이미 천외독조의 목을 휘감으려 하고 있었다.

　이맛살을 찌푸린 천외독조가 실로 대담하게도 손을 뻗어 채찍을 낚아채려 하였다.

　채찍에 달라붙은 모래의 무서움을 알기에 손끝에 내력을 집중시켰다.

　천외독조가 채찍을 낚아채려는 순간, 어느새 방향을 튼 채찍이 허벅지를 노렸다.

　지금껏 지면에서 거의 발을 떼지 않던 천외독조가 황급히 뒤로 물러났다.

　그 모습에 차갑게 비웃음을 던진 당초성이 허공으로 몸을 띄우더니 재차 채찍을 휘둘렀다.

　채찍이 먹이를 노리는 뱀과 같이 꿈틀거리며 천외독조의 움직임을 가로막았다.

허공에서 일어나는 채찍의 변화는 도저히 눈으로 따라가지 못할 정도로 현란했다.

천외독조는 당초성의 화려한 공격에 좀처럼 반격할 틈을 얻지 못한 채 끊임없이 발을 움직이고 몸을 틀며 채찍의 공격을 피해야 했다.

채찍의 끝이 어깨를 스치고, 허리춤을 스치고, 허벅지를 스치고 지나갔을 때에야 비로소 안정을 찾는가 싶었지만 당초성의 결정적인 공격은 바로 그때를 노려 짓쳐들었다.

마치 창과 같이 일직선으로 뻗어 자신의 목덜미를 향해 쇄도하는 채찍을 본 천외독조의 얼굴에는 다급함이 묻었다.

천외독조가 그대로 몸을 뉘었다.

채찍의 끝이 그의 코끝을 살짝 스치고 지나갔다.

실로 간발의 차이로 죽음의 위기를 모면한 천외독조가 그 즉시 몸을 틀어 바닥을 굴렀다.

바로 그 순간, 곧바로 방향을 튼 채찍이 폭죽이 터지듯 그대로 터져 버렸다.

파파팍!

소리는 크지 않았으나 채찍에서 터져 나온 무수한 모래 파편이 천외독조의 몸을 완벽하게 뒤덮었다.

옷을 뚫고 피부를 파고들어 간 모래알에 천외독조의 몸이 시뻘겋게 변해 버렸다.

"후~"

당초성은 붉은 모래로 뒤덮인 천외독조가 아무런 움직임도 보이지 않자 비로소 참고 참았던 숨을 내쉬었다.

'끝났군.'

당초성은 천외독조의 죽음을 믿어 의심치 않았다. 아니, 초혼혈사가 지닌 절대적인 힘을 믿었다는 것이 더 정확했다.

"이것이 바로 당가를 우습게 본 죄다."

천외독조의 주검 앞에 당당히 승리를 선언하는 당초성.

바로 그때, 믿을 수 없는 일이 일어났다.

꿈틀.

싸늘한 시신으로 변해 버렸을 것이라 확신했던 천외독조의 몸이 천천히 움직이기 시작했다.

"이, 이럴 수가!"

자신도 모르게 한 걸음 물러난 당초성의 얼굴이 경악으로 물들고, 힘겹게 몸을 일으킨 천외독조가 얼굴을 뒤덮은 피고름을 쓱 닦아내며 차갑게 웃었다.

"다 했느냐?"

죽음에서 살아 돌아온 천외독조의 얼굴은 그야말로 야차를 방불케 했다.

"그럼 이제 내 차례겠지?"

말이 끝나기가 무섭게 달려든 천외독조가 양손을 교묘하게 교차하며 장력을 뿌렸다.

만독묵영장(滿毒墨影掌).

천외독조가 지닌 독공의 정화.

눈 깜짝할 사이에 모든 공간이 천외독조가 내지른 장력으로 뒤덮였다.

당초성도 지지 않고 손을 뻗었다.

당가가 자랑하는 절심쇄혼수(切心碎魂手)였다.

내력을 극성으로 끌어올렸는지 당초성의 손에서 푸른빛이 일렁였다.

천외독조의 장력과 당초성의 절심쇄혼수가 허공에서 부딪쳤다.

파파팍!

허공에서 교차한 양측의 기운이 서로 상쇄되어 흔적도 없이 사라졌다.

"크흐흐흐."

괴소를 터뜨리는 천외독조의 얼굴엔 보는 것만으로 몸을 굳게 만들 정도로 섬뜩한 살기가 깔려 있었다.

천외독조가 재차 손을 뻗었다.

'읍.'

장력이 밀려들기도 전에 가슴이 답답했다.

당가에서 태어나 독에 대한 내성이 그 누구보다도 뛰어났음에도, 심지어 전신에 호신강기를 두르고 피독주까지 몸에 지녔으나 그것마저 우습게 만들고 정신을 아득하게 만드는 지독한 독기였다.

고작 독기 따위에 밀린다는 것은 당가의 소가주로서 수치였다.

혀를 깨물어 혼미해지는 정신을 수습한 당초성이 절심쇄혼수를 펼쳤다.

바로 그때였다.

강하게 부딪쳐 올 것이라 예상했던 천외독조가 이화접목(梨花接木)의 수법으로 당초성의 수법을 살짝 흘려보냈다.

당초성이 뭔가 잘못됐다고 여기는 순간, 만독묵영장이 그의 가슴을 강타했다.

"크헉!"

단말마의 비명을 지른 당초성의 몸이 실 끊어진 연처럼 붕 떠서 날아가 무참히 나뒹굴었다.

"소가주!"

당초성의 위기에 대경실색한 당가의 식솔들이 천외독조의 발걸음을 막기 위해 달려들었지만 천외독조는 날파리를 쫓듯 그저 몇 번 손짓으로 그들 모두를 불귀의 객으로 만들어 버렸다.

식솔들이 목숨을 던져 얻은 짧은 시간, 당초성은 내부를 파괴시키는 독기에 필사적으로 대항하며 품속을 뒤졌다.

손에 들린 것은 아홉 자루의 비도.

할 테면 해보라는 듯 얼굴 가득 비웃음을 띤 천외독조가 당초성을 향해 느긋하게 걸음을 옮겼다.

당초성이 힘겹게 비도를 던졌다.
한데 그 비도의 방향이 이상했다.
손을 떠난 비도는 천외독조가 아니라 그를 중심으로 하여 주변의 땅에 박힌 것이었다.
"이놈!"
뭔가 수작을 부린다는 생각에 다급히 장력을 뿌리는 천외독조.
그러나 무시무시한 파공성을 내며 당초성을 향해 나아가던 장력이 어느 순간 흔적도 없이 사라지고 말았다.
"감히 누구 앞에서 사술을 부리려고 하느냐!"
대노한 천외독조가 연거푸 손을 뻗었지만 당초성 주변에서 기이한 반탄력이 일어 그의 공격을 무력화시켰다.
"으아아아!"
흥분한 천외독조가 당초성을 공격하기 위해 미친 듯이 장력을 쏟아낼 때 당초성이 그의 주변으로 슬그머니 돌을 던지기 시작했다.
마지막으로 발밑에 굴러다니던 칼을 땅에 꽂자 천외독조는 실로 놀라운 경험을 하게 되었다.
"이, 이게 대체……."
갑자기 모든 것이 사라졌다.
눈앞에 보이던 당초성도, 온갖 함성과 악을 써가며 서로를 죽이기 위해 발버둥 치는 남궁세가와 암흑마교의 무인들도 보이지 않았다. 심지어 주변 전각들마저도 완벽하게 사라져 버렸다.

보이는 것이라곤 그저 희뿌연 안개와 난생처음 보는 괴괴망측한 환상들뿐이었다.

그제야 자신이 당초성이 펼친 기진에 갇혔다는 것을 인식한 천외독조가 이를 바드득 갈았다.

그렇다고 무모하게 움직이지는 않았다.

몇 자루의 비도로 자신의 공격을 완벽하게 막아내고 나아가 진법까지 설치하는 실력을 감안한다면 결코 경거망동할 수가 없었다.

우선 급한 것은 전신을 휘감고 도는 독기를 제어하는 것이었다.

몸에 박힌 모래는 내력으로 몸 밖으로 밀어냈지만 모래를 통해 들어온 독이 온몸을 헤집고 있었다.

독인에 대해 오래 연구했고 스스로 독인이 되고자 많은 노력을 한 덕에 웬만한 독은 해가 아니라 오히려 이득이 될 정도의 신체를 이루어냈지만 당가의 독은 생각보다 지독했다.

"운이 좋구나. 하지만 잠깐이다. 어차피 네놈과 당가는 노부의 손에 갈기갈기 찢기게 되어 있어."

당초성이 있을 것이라 예상되는 곳을 향해 매서운 눈초리를 보낸 천외독조가 가부좌를 틀고 앉더니 몸 안에서 날뛰는 독을 밀어내기 시작했다.

지금 그의 처지를 생각했을 때 그야말로 목숨을 건 도박이나 다름없는 행동이었으나 그것이야말로 공격을 할 테면 해보라는 천외독조의 오만한 자신감이었다.

"큭!"
묵직한 신음과 함께 절대 밀리지 않을 것 같았던 태무룡이 무려 아홉 걸음이나 죽 물러나며 피를 뿜었다.
"후우! 후욱!"
어깨를 들썩이고 연신 거친 숨을 연거푸 몰아쉬며 쩍 벌어진 아랫배를 움켜쥐는 태무룡.
치명적이라면 치명적인 부상을 당했음에도 그의 당당한 태도며 자신만만한 눈빛은 변하지 않았다.
오히려 조금은 여유를 두고 싸우던 때와는 달리 두 눈에선 살기로 번들거리는 혈광이 뿜어져 나오고 있었다.
그 기세가 어찌나 강렬했는지 좋은 기회를 잡고 재차 공격을 하려던 세검전의 노고수들이 공격을 멈추고 뒤로 물러날 정도였다.
"늙은이들이 제법이군. 방심한 것은 아니었는데 아주 제대로 당했어. 하지만 말이지……."
상처 부위를 감싸고 있던 태무룡의 손에서 기이한 열기가 피어오르는가 싶더니 곧 역한 노린내가 나기 시작했다.
"……."

세검전의 노고수들은 열화공(熱火功)을 이용하여 자신의 갈라진 배를 스스로 지져 버리는 태무룡의 독기에 안색을 굳혔다.

그들은 방금 전의 공격으로 승기를 잡았다고 생각했던 것이 얼마나 터무니없는 생각인지 곧 깨달을 수 있었다.

"너무 놀라지 말라고. 그럼 내가 이까짓 상처 따위에 물러날 줄 알았나? 어림없는 소리지. 자, 다시 시작해 볼까? 방금 전엔 내가 한 방 먹었으니 이번엔 네놈들이 당할 차례야. 크크!"

살기로 번들거리는 눈빛으로 혈부를 꽉 움켜쥔 태무룡이 다시금 움직이기 시작했다.

힘겨운 표정으로 그를 바라보던 세검전의 노고수들이 서로에게 시선을 두다가 이내 검진을 형성했다.

"후회하게 될 것이다."

태무룡의 전면에 선 노인이 착 가라앉은 음성으로 말했다.

"후회? 누가? 내가? 흐흐흐, 그건 바로 내가 할 말이다, 이 빌어먹을 늙은이들아!"

거대한 혈부를 맹렬히 휘돌리며 쇄도하는 태무룡의 얼굴은 이미 야수처럼 변해 있었다.

검진을 향해 무작정 돌진하는 태무룡을 보며 노고수들은 당황을 금치 못했다.

조금 전과는 전혀 다른 공격이었다.

딱히 어떤 형식이나 틀이 없었다.

초식도 없고 혈부가 움직이는 경로도 보이지 않았다.

좋게 말하면 몸에 밴 틀을 깬 것이라 할 수도 있겠지만 나쁘게 말하자면 저잣거리의 삼류 무뢰배들처럼 마구잡이로 휘두르는 것에 불과하다 할 수 있었다.

불행히도 첫 번째 충돌에서 전자라는 것을 알 수 있었다.

거침없이 밀고 들어오는 태무룡의 어깨에 또다시 상처를 남겼지만 그토록 견고했던 삼재검진이 태무룡이 휘두른 혈부와 부딪치며 지금껏 보여주지 않았던 틈을 드러낸 것이었다.

"뭘 그리 당황하느냐? 이제 시작에 불과한 것을!"

노고수들의 얼굴이 하얗게 질리는 것을 본 태무룡이 광기(狂氣)를 드러내며 웃었다.

"좋다, 어디 한번 끝장을 보자."

더 이상 여유가 없었다.

도무지 지칠 줄 모르고 달려드는 독인을 상대하느라 진력이 빠진 도극성이 삼원무극신공을 극성으로 운기하기 시작했다.

지난날, 숙살단의 암살 위기에서 벗어나면서 몸에 잠재해 있던 영약의 기운이 상당수 흡수된 터라 그의 힘은 상상을 불허했다. 마지막 단계인 칠단계를 넘어선 지는 오래고, 마침내 십이성 대성을 눈앞에 둔 상태였다.

휘유유유융.

 칼을 하늘 높이 치켜세운 도극성을 중심으로 하여 엄청난 폭풍이 몰아치기 시작했다.

 그를 향해 날아들던 암기가 폭풍에 휘말려 흔적도 없이 사라지고 독인의 공격 역시 무위로 돌아갔다.

 "죽어랏!"

 매서운 일갈과 함께 도극성의 내력이 한껏 담긴 칼이 독인을 향해 그 기운을 내뿜었다.

 꽈꽈꽝꽝!!

 무시무시한 굉음이 주변을 강타하고 태산이라도 단숨에 가를 법한 기세가 독인을 강타했다.

 대성을 앞둔 삼원무극신공을 바탕으로 펼치는 붕천삼식의 첫 번째 초식 섬뢰붕천의 위력 앞에 무사할 수 있는 것은 아무것도 없었다.

 미증유의 거력에 휘말린 독인이 형편없이 날아가며 땅에 처박혔다.

 도극성의 공격은 멈추지 않았다.

 애당초 그 정도 공격으론 독인을 어쩔 수 없다는 것을 알고 있었다.

 꽝!

 두 번째 초식 뇌정붕천이 막 몸을 일으키던 독인의 몸을 또 한 번 날려 버렸다.

"크으으으."

 독인의 입에서 처음으로 비명과도 같은 흐느낌이 터져 나왔다.

 공격이 제대로 먹히고 있음을 확신한 도극성이 붕천삼식의 마지막 초식 폭뢰붕천을 펼쳤다.

 반드시 끝장을 보겠다는 의지가 담긴 공격.

 그의 칼에서 난데없이 강기로 이루어진 또 하나의 칼이 솟구쳐 올랐다.

 무려 삼 장이나 치솟은 도강이 비틀거리는 독인을 향해 폭사했다.

 꽝꽝꽝!

 연거푸 세 번을 울리는 폭발음.

 순간, 엄청난 굉음과 함께 무시무시한 충격파가 주변을 강타했다.

 도극성에게 암기를 날려대던 사내가 그 여파에 갈가리 찢겨 목숨을 잃고 더불어 주변에서 얼쩡거리고 있던 백독곡의 제자들마저 불귀의 객으로 만들었다.

 "세상에! 저, 저럴 수가!"

 천외독조가 당초성과의 싸움으로 인해 백독곡의 제자들을 지휘하게 된 대장로 진황(陣荒)은 도극성의 공격에 휘말려 꿈틀거리고 있는 독인을 보며 입을 쩍 벌렸다.

 무방비 상태로 연거푸 도강에 노출된 독인의 몸은 이전과는 확연히 달랐다. 칠공에서 검붉은 피가 흘러나왔고 금강석보다 더욱 견고했던 피부는 쩍쩍 갈라져 흉측하기만 했다.
 "아, 안 돼!"
 자신도 모르게 소리친 진황이 무작정 내달렸다.
 어떻게 만든 독인이란 말인가!
 수십, 수백 번의 시행착오를 겪으며, 무려 천여 명이 넘는 아이를 희생시키며 마침내 이루어낸 독인이었다.
 아들 둘이 태어나지도 못하고 어미 뱃속에서 희생되었고 대를 이어 손자 셋도 독인을 만드는 과정에서 목숨을 잃었다. 그리고 마침내 마지막이라 생각하고 도전했던 손자가 결국 백독곡의 염원을 이뤄 독인이 되었다. 백독곡 내에서도 인간으로 보지 않고 경원시했지만 자신에게 있어선 그 누구와도 바꿀 수 없는 사랑스런 손자였다. 그런 손자가, 자신의 목숨과도 같은 손자가 쓰러진 것이었다.
 "이놈!"
 두 눈이 분노로 뒤집힌 진황이 도극성을 향해 미친 듯이 달려들었다.
 "자, 장로님!"
 백독곡의 제자가 그를 말리려 하였으나 그의 신형은 어느새 도극성의 면전에 이르러 공격을 퍼붓고 있었다. 하지만 도극성이 일으킨 도강은 아직도 힘을 잃지 않고 있었다.
 진황의 공격은 순식간에 힘을 잃고 사라졌으며 도강의 기세에 완벽하게 노출된 그의 몸은 한 줌 재로 화해 허공에 뿌려졌다.

"끄어어어어!"

힘겹게 누워 진황의 마지막 모습을 본 독인이 울부짖었다. 도저히 인간의 음성이라 생각되지 않는 괴기한 외침에 도극성의 안색이 절로 찌푸려졌다.

진황과 독인의 관계를 그는 알지 못했다.

하나, 묘하게도 가슴을 울리는 외침과 더불어 독인의 눈가를 타고 흐르는 눈물에 뭔가 느껴지는 것이 있었다.

"인간이되 인간이 아닌 자. 하지만 역시 인간이었나?"

도극성이 무거운 표정으로 독인을 향해 천천히 걸음을 옮겼다.

"이제 그만 끝내자."

도극성이 칼을 들어 독인의 심장을 향해 그대로 내리꽂았다.

칼은 생각보다 너무도 쉽게 파고들었다.

입을 쩍 벌린 독인의 몸이 한 자 높이까지 들썩이더니 이내 잠잠해졌다.

눈을 감은 독인의 모습에서 어딘지 모르게 평화로움이 느껴졌다.

"스스로 인간이기를 포기하지는 않았을 터. 네 의지는 아니었으리라 믿는다."

지금까지 싸운 적 중에 최강의 적. 하나 어딘지 모르게 연민이 느껴졌다.

"후, 여전히 힘들어."

독인을 쓰러뜨린 도극성이 어깨를 축 늘어뜨렸다.

무적의 도법답게 붕천삼식의 위력은 가히 경천동지할 정도였다.

삼원무극신공의 거대한 내력의 뒷받침에도 불구하고 극성으로 붕천삼식을 펼친 결과 온몸에 힘이 빠져 버렸다. 게다가 내력이 고갈된 틈을 타고 침입한 독기가 생각보다 만만치 않았다.

그 자리에 주저앉은 도극성은 남궁세가 무인들의 호법을 받으며 내력을 운기했다.

그렇다고 여유를 부릴 시간이 없었다.

스스로 팔을 자르고 오직 남궁세가를 지키겠다는 일념하에 필사적으로 싸우는 남궁독의 상태가 심각했고, 그동안 눈부신 선전을 펼치던 남궁격의 검 또한 점점 빛을 잃으며 고전하는 모습이 역력했다.

특히 낯빛이 시꺼멓게 변색이 된 남궁독은 금방이라도 쓰러질 정도로 위태로운 상황이었다.

잠깐의 운기로 몸속에서 준동하는 독기를 일단 제어한 후 깊게 숨을 들이켠 도극성이 남궁독을 돕기 위해, 두 번째 독인을 상대하기 위해 힘겹게 걸음을 움직였다.

"괜찮으십니까?"

흑암일대주 홍포의 걱정스런 음성에 태무룡이 버럭 화를 냈다.

"괜찮지 않으면? 내가 놈들에게 쓰러지기라도 할 줄 알았더란 말이냐?"

대답 여하에 따라서 혈부라도 휘두를 기세였다.

홍포가 납작 엎드려 용서를 빌었다.

"죄, 죄송합니다. 제가 감히……."

"하긴, 이런 꼴을 보여줬으니 네놈에게 그따위 말을 들을 만도 하지."

머리부터 발끝까지 온몸을 상처로 도배한 태무룡이 스스로의 몸을 돌아보며 쓴웃음을 지었다.

"네놈도 부상을 당했구나."

태무룡이 홍포의 어깨에 깊게 박혀 있는 비수를 가리키며 말했다.

당고후가 당초성으로부터 지휘권을 넘겨받기 직전 그와 맞부딪쳤다가 부상을 당한 홍포는 낯빛을 붉혔다.

"부끄럽게도 그렇습니다."

"당가의 암기술이 녹록치 않긴 하지."

태무룡은 홍포가 당가의 무인에게 당했다는 것을 직감하며 코웃음 쳤다.

"별것 아닙니다. 장로님이야말로……."

입을 열면서 태무룡의 얼굴을 살피던 홍포는 그의 인상이 확 구겨지는 것을 보며 황급히 입을 다물었다.

"흥, 이따위 부상, 아무것도 아니다. 별 볼일 없는 늙은이들일 뿐이었어."

말은 그렇게 했지만 세검전의 노고수들은 결코 별 볼일 없는 늙은이들이 아니었다.

개개인의 실력은 자신에 비해 다소 미흡할지는 몰라도 세 명이 함께 펼치는 검진은 지금껏 상대해 본 그 어떤 검진보다 견고하고 날카로웠으며 몸서리쳐질 정도로 막강했다. 결국 검진을 무너뜨리고 노고수들의 몸을 난도질하면서 최후의 승리를 거머쥐었으나 그에 따른 후유증이 만만치 않았다. 애써 내색은 하지 않았지만 당장 손가락 까딱하기도 귀찮을 만큼 내력도 바닥났고 부상도 컸다.

"전황은 어떠하냐?"

세검전의 노고수들과 싸우느라 전체적인 전황을 살필 수 없었던 태무룡이 꽤나 심각하게 파인 팔뚝을 붕대로 감으며 물었다.

"적의 저항이 제법 거셉니다."

"밀린다는 말이냐?"

고개를 홱 돌려 묻는 태무룡의 관자놀이가 불끈 솟아올랐다.

"그, 그렇지 않습니다. 전황은 전체적으로 저희들에게 유리합니다."

"그런데?"

"생각보다 피해가 너무 큽니다."

"음."

팔뚝에서 오는 고통 때문인지 아니면 피해가 크다는 말 때문인지 태무룡의 얼굴이 살짝 일그러졌다.

"독인까지 동원하고도… 응?"

저 멀리 외따로이 떨어져 있는 전장을 살피던 태무룡의 얼굴에 의혹이 일었다.

세 명이어야 할 독인이 두 명으로 줄어들어 있는 것이 아닌가.

그의 의문을 간파한 홍포가 재빨리 입을 열었다.

"하나가 당했습니다."

"당… 해?"

태무룡이 믿어지지 않는다는 표정으로 반문했다.

"예, 저놈에게 당했습니다."

홍포가 가리키는 사람은 조금 전까지만 해도 남궁독을 빈사상태까지 밀어붙이던 독인과 치열한 접전을 펼치고 있는 도극성이었다.

"또 저놈이더냐?"

태무룡이 질렸다는 표정을 지었다.

암혹마교의 행사에 사사건건 방해를 하는 도극성. 지금껏 그에게 당한 피해는 그야말로 상상조차 할 수 없을 정도였다.

"천외독조는 뭘 하고 있단 말이냐?"

태무룡의 음성에 한껏 짜증이 묻어 나왔다.

"천외독조님은 진법에 갇히셨습니다."

"뭐라? 진법?"

전혀 예상치 못한 대답에 태무룡이 입을 쩍 벌렸다.

"어찌 된 것인지는 정확하게 모르지만 진법에 갇히신 것이 틀림없습니다."

"어디냐?"

"저쪽입니다."

담장 너머 홍포가 가리킨 곳에 가부좌를 틀고 앉아 운기조식을 하는 천외독조를 보며 태무룡은 그의 대범함에 혀를 내둘렀다. 혹시 모를 불상사에 대비해 백독곡의 제자 몇몇이 진을 에워싸고 있었지만 언제 어디서 칼이 날아올지 모르는 상황에서 운기조식이라니 아무리 생각해도 미친 짓이었다.

"흐음."

잔뜩 찌푸린 얼굴로 천외독조를, 여전히 혼전 중인 전장을 살피던 태무룡이 홍포에게 수하들을 독려하느라 정신없이 날뛰고 있는 주인곤을 부르게 하였다.

"부르셨습니까?"

머리에서 발끝까지 피를 뒤집어쓴, 살기로도 부족하여 이제는 눈에서 귀기까지 뿜어내고 있는 주인곤이 달려왔다.
 주인곤의 기개가 마음에 들었는지 고개를 두어 번 끄덕인 태무룡이 다시 한 번 전장을 살피더니 짧게 말했다.
 "퇴각한다."
 "예?"
 "퇴각해라."
 "하, 하지만 어째서……."
 주인곤이 받아들이기 힘들다는 눈빛으로 고개를 흔들었다.
 평소라면 당장에라도 호통을 쳤을 태무룡이었으나 온몸에 크고 작은 부상을 당하면서도 지금껏 수하들을 잘 지휘했다는 것을 감안해 성질을 죽였다.
 "흑영전단도 오고 있고 흑검전단도 오고 있다. 하루 이틀 늦어진다고 남궁세가의 운명이 달라지진 않는다. 쓸데없는 피해는 줄이는 것이 좋아. 당장 퇴각시켜."
 재고해 달라는 표정으로 한참이나 태무룡을 바라보았지만 그럴 기미가 보이지 않았다.
 '제길, 이러려면 처음부터…… 괜히 애꿎은 수하들만…….'
 누구보다 앞장서 싸움을 시작하더니 난데없이 퇴각을 명하는 태무룡에게 불만이 치밀었지만 주인곤은 감히 내색할 수가 없었다.

"알겠습니다."

무거운 표정으로 물러난 주인곤이 곧 퇴각 명령을 내리고 활화산처럼 끓어오르던 전장의 열기는 금방 식어버리고 말았다.

그야말로 폭풍처럼 공격을 퍼붓던 암흑마교의 무인들이 순차적으로 뒤로 빠지자 남궁세가의 무인들도 저마다 무기를 내렸다. 몇몇 흥분한 이들이 고래고래 소리를 지르며 추격하자고 외쳐 대기도 했지만 대답없는 외침일 뿐이었다.

어쨌건 거의 반나절 가까이 이어졌던 싸움에서 남궁세가는 승리를 거두었다. 하지만 어느 누구의 입에서도 승리의 함성은 터져 나오지 않았다.

"이제 시작일 뿐이다. 천천히, 아주 천천히 숨통을 죄어주마."

수하의 부축을 받으며 힘겹게 남궁세가를 떠나면서 남긴 천외독조의 싸늘한 한마디가 사람들의 가슴에 비수가 되어 꽂혔다.

그의 말대로 싸움은 아직 끝난 것이 아니었다.

첫 싸움에서 승리를 거뒀음에도 분위기는 어두웠다.

그 승리를 얻기 위해, 사실 의검전에 모인 그 누구도 조금 전에 벌어진 싸움에서 승리를 했다고 여기는 사람은 없었지만, 너무도 많은 피해를 당했기 때문이다.

대연무장과 내원에서 벌어진 두 번의 싸움에서 살아남은 사람은 고작 오백. 처음의 인원이 이천에 육박했다는 것을 감안하면 엄청난 피해였다.

무엇보다 고수들의 손실이 뼈아팠다.

남궁세가의 진정한 힘이라 할 수 있는 세검전의 노고수 열둘 중 생존자는 고작 세 명뿐이었는데 적진의 수장이라 할 수 있는 태무룡과 혈전을 벌인 세 명의 노고수들은 그 시신을 수습할 수도 없이 처참하게 목숨을 잃었고, 암흑마교의 호법들, 단주인 주인곤 등과 싸운 노고수들 역시 막대한 피해를 당했다.

특히 세검전의 수장인 남궁독의 죽음은 세가 전체에 크나큰 충격을 안겨줬다.

암흑마교가 퇴각할 때까지 버텨낸 남궁독은 싸움이 끝나자마자 그 자리에서 정신을 잃고 쓰러져 어찌 손써볼 틈도 없이 목숨을 잃고 말았는데, 심혼지독에 중독된 그의 몸은 목숨을 잃은 지 일각도 되지 않아 형체를 찾아볼 수 없을 정도로 부패하여 많은 이들을 충격에 몰아넣었다. 아울러 그토록 공포스런 독을 지닌 독인에 맞서 끝까지 세가를 지켜낸 그의 투혼에 남궁세가 무인들은 가슴속 깊이 피눈물을 뿌렸다.

남궁세가를 돕기 위해 분연히 떨치고 일어난 원로 명숙들의 피해 역시 컸다.

무적권 요림은 세검전의 노고수들을 간신히 물리치고 비

틀거리던 태무룡에게 덤볐다가 혈부에 몸이 양단되어 목숨을 잃었고, 살아생전 경쟁자였던 웅풍문의 문주 이가경과 송월문의 문주 풍운고 역시 경쟁하듯 나란히 목숨을 잃었다.

이에 더해 섬전도(閃電刀) 이곤(李崑), 옥면서생(玉面書生) 도학종(桃鶴踵), 웅룡의검(雄龍義劍) 야율제(耶律帝) 등 호남에서 내로라하는 뭇 고수들마저 모조리 목숨을 잃고 말았다.

그렇다고 성과가 없었던 것은 아니다.

세검전을 비롯하여 원로 명숙들이, 남궁세가에 모인 모든 이들이 전심전력으로 싸워준 덕에 지금껏 질풍노도처럼 무림을 쓸어버리던 암흑마교도 결코 무시 못할 피해를 당하고 말았다.

암흑마교에서도 세검전의 노고수들과 동귀어진을 한 두 명의 호법을 포함하여 무려 삼백 명이 넘는 인원이 목숨을 잃었다. 백독곡을 포함하여 생존자가 고작 백오십 남짓에 불과했으니 지금껏 암흑마교가 당한 최대의 피해라 할 수 있었다.

"놈들은 어찌하고 있다더냐?"

도극성, 남궁독과 더불어 독인으로부터 남궁세가를 지켜낸 남궁격이 기쁨보다는 안타까움이 물씬 묻어나는 음성으로 물었다.

질문을 받은 남궁초는 물론이고 의검전에 모인 이들이 일제히 고개를 돌렸다.

태사의에 앉아 부상의 고통을 참아내고 당당히 어깨를 펴고 있는 노인 남궁격을 바라보는 그들의 시선은 무한한 존경심 그 이상이었다.

남궁격은 독인과의 싸움에서 신검무적이 어째서 신검무적인지, 검존 순우관을 잇는 제이의 검존으로 불리는지 확실하게 보여주었다.

독인의 몸에서 뿜어진 심혼지독에 중독이 되었고, 그 틈을 이용한 과염 등의 공격에 결코 작지 않은 부상을 당했어도 그는 결코 쓰러지지 않았다. 물론 독인과의 싸움에서 승리를 거둔 것은 아니었지만 그래도 결국 목숨을 잃은 남궁독과는 달리 싸움이 끝난 후 독기로 인해 얼굴이 암갈색으로 변하고 입술이 파랗다 못해 검붉게 변했음에도, 상체를 피가 잔뜩 배어 나온 붕대로 칭칭 감고 있었지만 남궁격은 의검전의 윗자리를 굳건히 지키고 있는 것이다.

"남동쪽 삼십 리 밖으로 물러난 뒤 별다른 움직임은 보여주지 않고 있습니다."

"우리가 당한 것만큼 놈들도 당했습니다. 당분간은 함부로 움직이지 못할 겁니다."

이번 싸움에서 누구보다 앞장서서 검을 휘둘렀던 용검당주 남궁패가 아직도 흥분이 가시지 않은 목소리로 말했다.

"그건 이쪽도 마찬가지네. 예상은 했지만 생각보다 피해가 너무 커."

당고후가 무거운 표정으로 입을 열었다.

"초성이는 어떻습니까?"

남궁격이 물었다.

"아직 뭐라 할 수 없는 상태입니다. 내상이 워낙 심해놔서."

천외독조에게 당한 부상으로 지금껏 정신을 차리지 못하고 있는 당초성 때문인지 당고후는 연신 한숨을 내쉬었다.

"이럴 줄 알았으면 그 노독물을 풀어주는 것이 아니었습니다."

남궁패가 콧김을 뿜어내며 말했다.

"풀어주지 않았으면? 싸움이 끝나지 않았을 걸세. 설사 패한다고 해도 놈들의 입장에선 버리고 갈 수 없는 인물이네."

"……."

무슨 말인가를 더 하고 싶은 눈치였으나 남궁패는 그의 손을 잡고 고개를 흔드는 남궁건의 시선에 입을 다물었다.

"쌍방 간에 큰 피해를 당했으니 당장 싸움은 없을 것이고… 있다면 놈들에게 증원군이 왔을 때인데……."

남궁격의 시선이 자신에게 향하자 남궁초가 힘없는 음성으로 입을 열었다.

"이틀 내로 흑영전단과 흑검전단이 도착할 것 같습니다."

"흑검… 전단?"

당고후가 고개를 갸웃거리며 물었다.

"산동악가와 하북팽가의 지원군을 몰살시킨 그자들입니

다. 대정련을 놓친 그들도 이쪽으로 오고 있다고 합니다."

"허! 대체 얼마나 병력을 쏟아부을 생각이란 말인가?"

"현재 남아 있는 인원이 백오십 정도에 흑검전단이 약 사백, 지난 사천에서 큰 실패를 본 흑영전단이 대략 오백 정도입니다."

순간, 의검전에 질식할 것만 같은 적막감이 휘돌았다.

그야말로 압도적인 전략 차였다.

솔직히 지금 남아 있는 적이 또다시 독인을 앞세우고 덤빈다면 그 승부의 향방을 알 수 없는 상황에서 천에 육박하는 인원이라면 애당초 싸움이라는 것을 할 필요도 없는 전력 차였다.

"무슨 대책을 세워야 하지 않겠습니까?"

당고후가 답답함을 참지 못하고 물었지만 남궁격은 아무런 대답도 하지 못했다. 지금의 상황은 말 그대로 어떤 전략이나 계략이 통할 단계가 아니기 때문이다.

"대책이라는 것이 있을 수 없지."

의검전의 문이 드르륵 열리며 묵죽신개가 병색이 완연한 얼굴로 들어섰다.

"괜찮나?"

남궁격의 물음에 묵죽신개가 쓴웃음을 지으며 고개를 끄덕였다.

"괜찮아. 미안하네. 정작 중요한 순간에 혼자 누워 있어서 말이야."

"무슨 소리를. 괜찮다니 얼마나 다행인지 모르네."

"다 이 친구 덕분이지."

묵죽신개가 당고후를 가리키며 말했다.

"운이 좋았습니다, 노선배. 저 친구가 재빨리 손을 썼기에 망정이지 그 심혼지독이라는 것은 웬만해선 건드리지도 못하는 지독한 독입니다."

당고후가 의검전으로 들어서는 도극성을 가리키며 말했다.

막 의식을 잃고 있는 당초성 곁을 지키고 온 터라 도극성의 안색은 더없이 침울했다.

하나, 그가 의검전에 들어서는 순간, 지금껏 지독한 절망감에 휩싸였던 의검전에 돌연 활기가 넘쳤다.

남궁독을 죽음으로 몰아넣고 남궁격마저 감히 어쩌지 못한 독인을 끝장낸 도극성의 등장이었다.

내일 당장 목숨을 잃더라도 천상 무인들.

화려한 미사여구를 동원한 감탄과 칭찬이 계속해서 이어지고, 이에 적응을 못한 도극성은 연신 진땀을 흘려야 했다. 심지어 남궁격마저 신검무적이라는 별호를 당장에 집어던져야겠다고 선언할 땐 쥐구멍이라도 숨어들어 가고 싶은 심정이었다.

훈훈하고 왁자지껄한 분위기는 한참 동안이나 지속됐다.

그들 모두가 이후 결코 지금처럼 웃을 수 있는 순간이 오지 않을 것임을 알고 있기 때문이었다.
 그만큼 남궁세가의 미래는 어두웠다.

第五十五章
사황(邪皇)

"놓쳤느냐?"

막 운기조식을 끝내고 모습을 드러낸 태무룡이 낭패한 표정을 짓고 있는 주인곤을 바라보며 물었다.

"예."

"멍청한 놈들. 고작 한 놈을 잡지 못하고."

"죄송합니다."

입이 열 개라도 할 말이 없었던 주인곤이 고개를 떨어뜨렸다.

"아니다. 됐다. 생각해 보면 놈이 잡히기를 기대한 내가 어리석은 것이지."

기가 죽은 주인곤의 모습을 보며 태무룡은 쓴웃음을 지었다.

그도 그럴 것이, 야음을 틈타 벌써 네 차례나 몰래 숨어들어 와 분탕질을 치고 돌아간 인물이 절대무적이라 생각했던 독인을 쓰러뜨린 도극성이었으니 애당초 수하들에게 쫓으라는 것 자체가 무리였다.

"이번엔 피해가 어느 정도나 되느냐?"

"경계를 철저히 해서 다행히 큰 피해는 없었지만 사도민이 목숨을 잃었습니다."

"이대주가?"

"예."

처음 흑암전단에 배치를 받고 지금껏 성장하는 동안 늘 곁에서 보필해 온 수하를 잃었음인지 주인곤의 안색은 무겁기 짝이 없었다.

"놈이 또 왔다고?"

때마침 태무룡을 만나러 왔다가 소식을 듣게 된 천외독조가 노기 어린 음성으로 물었다.

"앉게. 몸은 괜찮은가?"

"괜찮네. 당가 놈이 쓴 독이 제법 지독하기는 했지만 나를 어쩔 수 있을 정도는 아니야."

돌아오자마자 온갖 해독약을 복용하고 여섯 시진이 넘도록 운기조식을 하며 독기와 싸운 사람이 할 말은 아니었지만 태무룡은 그러려니 하고 넘어갔다.
"언제 다시 공격할 생각인가?"
부상을 당했던 몸이 거의 정상을 회복했음인지 천외독조는 또다시 공격을 종용하고 있었다.
"아직은 때가 아니네."
간단히 그의 말을 자른 태무룡이 주인곤에게 시선을 돌렸다.
"흑영전단은?"
"내일 오후쯤이면 합류할 것 같습니다."
"그들이 오는 즉시 공격하도록 할 것이다."
"알겠습니다."
"단, 선봉은 내가 서겠네."
천외독조가 기다렸다는 듯 나섰다.
"좋을 대로 하게. 독인을 또 동원할 생각인가?"
"글쎄, 흑영전단이 합류하면 굳이 쓸 필요는 없을 것 같기는 하네만."
설마하니 독인을 잃을 줄은 꿈에도 생각하지 못한 천외독조가 왠지 꺼리는 듯한 태도를 보였다.
"하면 자네 혼자 놈을 상대하겠다는 말인가?"
태무룡이 거론하는 자가 도극성임을 모르지 않았던 주인곤이 천외독조의 얼굴을 가만히 주시했다.
"당연하지. 나의 목숨과도 같은 독인을 쓰러뜨린 놈이야.

내가 아니면 누가 복수를 할 수 있단 말인가?"

 천외독조의 얼굴을 빤히 바라보던 태무룡이 착 가라앉은 음성으로 물었다.

 "할 수 있겠나?"

 평소라면 자존심 하나에 목숨을 거는 천외독조의 성정을 잘 알고 있기에 결코 하지 않을 말이었으나 묻지 않을 수 없었다.

 그의 예상대로 천외독조의 반응은 격렬했다.

 "지금 나에게 놈을 상대할 수 있는 거냐고 물은 겐가?"

 천외독조의 눈빛이 살광으로 번들거리는 것을 본 주인곤의 얼굴이 샛노래졌지만 태무룡은 태연자약했다.

 "그럼 하나 더 묻지. 자넨 혼자 독인을 상대할 수 있나?"

 천외독조의 몸이 멈칫거렸다.

 "독인을 쓰러뜨리고 얼마 되지도 않아 저렇듯 미쳐 날뛸 수 있느냔 말일세."

 태무룡이 고개를 흔들며 말을 이었다.

 "인정하기 싫지만 해야 해. 어쩌면 놈은 자네나 나보다 강할 수 있어."

 천외독조의 눈이 화등잔만 해졌다.

 자신의 무공에 대한 자부심만큼은 하늘을 찌를 만큼 광오했던 태무룡의 입에서 결코 나올 말이 아니었기 때문이다.

 "그래서 어쩌라는 겐가?"

천외독조가 신경질적으로 물었다.

"놈을 상대하려면 최소한 남은 독인을 모두 놈에게 붙이던가 아니면……."

"아니면?"

"자네가 한 손 거드는 정도면 충분하지 않을까 하네만."

"지금 나보고 애송이 하나를 상대하는데 합공을 하란 말인가?"

"애송이도 애송이 나름이지. 내 몸이 정상이었다면 나와 함께 놈을 상대하자고 했을 걸세."

"자네, 내가 알고 있는 적혈부왕이 맞나?"

"글쎄."

"아무래도 부상 때문에 제정신이 아닌 모양이군. 내가 아는 적혈부왕은 애송이 따위에게 겁을 집어먹을 위인이 아니야. 더욱이 합공 운운할 인물도 아니지. 방금 말은 못 들은 것으로 하겠네. 주인공."

"예, 장로님."

"공격은 흑영전단이 도착하는 즉시. 휴식 운운하면 그대로 모가지를 날려 버린다고 해."

"알겠습니다."

"그리고 놈은 내가 상대한다. 쥐새끼 한 마리라도 얼씬거리면 네놈부터 나에게 죽는다."

"명심하겠습니다."

천외독조는 묘한 표정을 짓고 있는 태무룡을 일별한 후 냉기를 풀풀 풍기며 사라졌다.

그제야 긴장됐던 얼굴을 풀고 땅이 꺼져라 한숨을 내쉰 주인곤이 조심스레 물었다.

"놈이 그토록 강한 것입니까?"

"뭐가 말이냐?"

"두 분께서도 승리를 자신하실 수 없을 정도로 강한 것이냐고 물었습니다. 제아무리 독인을 쓰러뜨렸다고는 하나……."

태무룡이 피식 웃음을 터뜨렸다.

"내가 그깟 애송이 따위에게 당할 인물로 보이느냐?"

"예?"

"독인 정도는 나도 상대할 수 있다."

"하, 하오신데 어찌……?"

주인곤은 도저히 영문을 모르겠다는 표정이었다.

"뭐, 이쯤 긁어놓았으니 제대로 하겠지. 어제의 싸움에서도 저 친구가 처음부터 나섰으면 이리 꼬이지는 않았어. 게다가 한심하게도 당가의 애송이에게 당해서는……."

그 당가의 애송이가 사용한 무기가 독랄하기가 전 무림에서 으뜸이라는 당가의 모든 암기와 무기 중 당당히 첫 번째 자리를 차지하고 있는 초혼혈사였고, 초혼혈사에 당한 사람이 만독불침에 근접한 천외독조가 아니라면 본인은 물론이고 설사 암흑마교의 교주라 하더라도 목숨을 부지하기가 쉽지 않았다는 것을 태무룡은 결코 알지 못했다.

"아무튼 아쉽군. 부상만 아니라면 놈을 상대하는 사람은 나였을 텐데 말이다. 천외독조에게 양보하기엔 너무 아까운 놈이야."

천외독조를 상대로 덩치에 맞지 않게 심기를 부린 태무룡이 혀를 날름거리며 도극성과 상대하지 못하게 되었음을 아쉬워했다.

그런 태무룡을 보며 주인곤은 그저 어이가 없을 뿐이었다.

* * *

새벽이 오려면 아직도 한참이 남은 시간, 밤새 네 번씩이나 암흑마교의 진영에 침투하여 마음껏 헤집고 다닌 도극성이 남궁세가에 돌아왔을 때 준비는 이미 끝나 있었다.

"왔느냐?"

도극성이 돌아오기를 초조하게 기다리던 묵죽신개가 반색을 하며 그를 맞았다.

"예. 준비는 끝났습니까?"

"그래, 네가 오기만을 기다리고 있었다."

"일단 놈들이 함부로 움직이지 못하도록 괴롭히고는 왔습니다만 쉽지 않은 길이 될 겁니다."

"그래도 이대로 앉아 죽는 것보다는 낫겠지. 지금이니까 틈이 있는 것이지, 지원군이 오면 아무도 빠져나갈 수 없을 게다."

"예. 전 남궁세가에서 이런 결정을 내릴 줄은 꿈에도 몰랐습니다."

"세가의 생존이 걸린 문제이니 어쩔 수 없겠지."

묵죽신개가 어두운 안색으로 한숨을 내쉬었다.

잠깐의 대화와 함께 도극성이 도착한 곳은 남궁세가의 가장 북쪽에 위치한 세검전이었다.

세검전 앞에는 수백 명의 사람들이 조용히 운집하고 있었다.

"도착했네."

묵죽신개가 남궁격에게 도극성의 도착을 알렸다.

"애썼네. 자네에게 진 빚을 어찌 다 갚을는지."

도극성의 손을 덥석 잡으며 고마워하는 남궁격의 음성이 가볍게 떨렸다.

"그리고 또 이런 부탁을 하게 돼서 정말 미안하네."

"그런 말씀 마십시오. 당연히 해야 할 일입니다. 한데 정말 이대로 괜찮겠습니까? 지금이라도……."

"이미 결론이 나지 않았나? 모두가 살 수는 없네. 놈들은 그렇게 만만치가 않아. 또한 노부는 그렇게 살 생각이 없다네."

말 한마디 한마디에서 느껴지는 남궁격의 의지를 읽은 도극성은 더 이상 입을 열지 않았다.

"건아."

남궁격이 남궁건을 불렀다.

"이제 남궁세가의 운명은 너와 이 아이들에게 달려 있다."

남궁격이 세검전 뜰에 앉아 칭얼대는 아이들을 바라보며 말을 이었다.

"남궁세가 칠백 년 역사, 얼마나 많은 위기가 있었는지 모른다. 하지만 선조들께선 그 모든 역경을 이겨내고 오늘의 남궁세가를 만드셨다. 이제 그 임무가 네게 달려 있구나. 복수를 해달라는 말은 하지 않겠다. 다시는 이런 치욕을 겪지 않도록 해달라는 말도 하지 않겠다. 우선은 살아남아라. 살아남았을 때 다시금 세가를 일으킬 수 있는 것이고 복수도 할 수 있는 것이다. 최대한 시간을 끌겠지만 어찌 될지는 잘 모르겠다. 하지만 너라면 잘해내리라 믿는다."

"아버님!"

남궁건이 털썩 무릎을 꿇었다. 땅바닥에 처박은 얼굴에서 눈물이 줄줄 흘러내렸다.

"일어나거라. 밤은 길지 않다."

"그렇소. 어서 일어나시구려."

남궁패가 남궁건의 팔을 잡아 이끌었다.

"충이를 잘 부탁하오. 나를 닮아서 성질이 괄괄하기는 해도 잘 키우면 제 몫은 할 아이오."
 남궁패가 불안한 눈으로 자신을 바라보는 아이를 힐끔 살피며 말했다.
 "아우."
 "믿겠소."
 남궁패는 더 이상 할 말이 없다는 듯 빙글 몸을 돌렸다.
 "서두르거라. 자칫하면 이 모든 노력이 물거품이 될 터. 식솔들의 희생을 무위로 돌릴 수는 없지 않느냐?"
 아직도 결심을 굳히지 못한 남궁건을 거세게 몰아붙인 묵죽신개가 남궁격에게 시선을 돌렸다.
 남궁격과 묵죽신개의 눈빛이 허공에서 얽혔다.
 '부탁하네.'
 '믿게나. 내 목숨을 버려서라도 이들만큼은 반드시 보호할 터이니.'
 살짝 고개를 끄덕이는 것으로 마지막 인사를 나눈 묵죽신개가 몸을 돌리며 말했다.
 "내가 앞장을 서마."
 묵죽신개가 세검전 뒤편으로 이어진 숲길로 걸음을 옮기자 그의 뒤를 따라 선택된 이들이 무겁게 걸음을 옮기기 시작했다.
 "어서 가시오, 형님. 세가를 부탁하외다."
 남궁패가 뒤도 돌아보지 않고 말했다.

"네가 많이 노력해야 할 게다."

남궁격이 남궁건을 부축하는 남궁초를 바라보며 말했다.

"가주… 백부님도 건강하십시오."

깊게 허리를 숙이는 남궁초의 눈가에서도 뜨거운 눈물이 흘러내리고 있었다.

남궁격은 담담한 미소로 남궁초의 인사를 받아 넘겼다.

"가시지요."

필사적으로 눈물을 거둔 남궁초가 남궁건의 팔을 잡아끌며 말했다.

남궁건의 곁에는 어느샌가 따라붙은 중년미부가 서 있었는데, 그녀의 품에는 두어 살 정도 되어 보이는 아이가 잠들어 있었다.

"승아야."

남궁격이 아이의 얼굴을 가만히 쓰다듬었다. 아이의 목에는 남궁세가를 상징하는 만승검패가 걸려 있었다.

조부의 마지막 손길을 느낀 것인지 잠들어 있던 아이가 살짝 눈을 떴다.

아름다운 눈동자였다.

남궁격의 입가에 자애로운 미소가 감돌았다.

아이가 까르르 웃었다.

아이의 웃음은 수많은 이들의 가슴에 또 한 번 피눈물이 흐르게 만들었다.

* * *

"으아아아아!"

남궁격의 시신을 밟고 선 천외독조가 괴성을 내질렀다.

승리의 함성이 아니었다.

뭔가 이상한 움직임이 감지된다는 말에 즉시 병력을 이끌고 남궁세가에 도착한 천외독조는 실로 어이없는 광경을 목격하게 되었다.

활활 불타오르는 남궁세가.

스스로 불을 지른 남궁세가의 무인들이 정문에서 그들을 맞은 것이다. 게다가 그 수 또한 이상한 것이, 지난 싸움에서 많이 줄었다고는 해도 남궁세가엔 오륙백 정도의 병력이 살아남았다. 하지만 죽을힘을 다해 덤비는 인원은 고작해야 이백여 명 정도에 불과했다.

그들이 버틴 시각은 고작 반 시진. 거대한 남궁세가의 전각이 모조리 잿더미로 변해 버리는 것과 때를 같이하여 모조리 전멸한 것이었다.

승리를 거두긴 했어도 뭔가 미진했다.

천외독조는 그 이유를 곧 알 수 있었다.

도극성이 보이지 않았다.

자신에게 말할 수 없는 수치심을 안긴 당가의 애송이도 보이지 않았다.

천외독조는 즉시 살육을 멈추고 살아남은 사람들을 상대로 심문을 시작했다.

남궁세가의 식솔들은 살가죽이 벗겨지고 뼈가 조각이 나 가루가 되어도 입을 열지 않았지만 남궁세가를 돕기 위해 왔다가 의리를 지키기 위해 목숨을 내던진 몇몇 협사들은 결국 고통에 굴복하여 지난 새벽에 있었던 일에 대하여 입을 열고 말았다.

"도주를 하다니! 도주라니!"

천외독조는 편안한 얼굴로 숨을 거둔 남궁격의 얼굴을 짓밟으며 미친 듯이 분노를 표출했다.

그렇게 얼마의 시간이 흘렀을까?

다소 마음을 진정시킨 천외독조가 흑암전단 단주 주인곤을 불렀다.

"지금 당장 추격대를 만들어라. 놈들을 쫓을 것이다."

"예."

"이쪽으로 오고 있는 흑영전단과 흑검전단에도 연락을 해라. 놈들의 도주로를 차단하라고 해."

"알겠습니다."

"단 한 놈도 놓쳐선 안 된다. 단 한 놈도."

천외독조의 눈에서 뿜어져 나오는 매서운 눈빛에 주인곤은 감히 마주하지 못하고 고개를 숙이고 말았다.

   * * *

 암흑마교에 의해 오대세가의 수장이라 할 수 있는 남궁세가가 무너졌다는 소식은 삽시간에 전 무림에 퍼졌다.
 두 달도 채 되지 않아 복건, 절강, 강서를 석권하고 결국 호남까지 차지한 암흑마교.
 모용세가와 형산파가 당할 때만 해도 미심쩍어하던 사람들은 주변 문파들의 도움으로 세를 불린 남궁세가마저 암흑마교에 굴복하자 전율하지 않을 수 없었다.
 세인들은 사실상 장강 이남을 완벽하게 석권한 암흑마교의 다음 행보를 예의 주시했다.
 비록 오대세가와 어깨를 나란히 하지는 못해도 장강 이남에서는 손꼽히는 세력을 지니고 있던 구양세가와 문인세가는 남궁세가를 무너뜨린 암흑마교가 북상하고 있다는 소식을 듣고는 그 즉시 가솔들을 해산시키고 세가의 식솔들은 도강(渡江)하여 대정련에 몸을 의탁했다.
 사람들은 싸워보지도 않고 도주한 두 세가를 조롱하고 비웃음을 흘렸지만 암흑마교의 힘을 간접적으로나마 겪어본 사람들은 그들의 힘든 결단에 오히려 지지를 보내주었다.
 뻔히 상대가 되지 않을 것을 알면서도 대적하는 것은 그야말로 만용에 불과한 것. 차라리 대정련에 힘을 모아 암혹마교를 상대하는 것이야말로 진정한 용기라고 여긴 것이다.

그렇다고 대정련에 우호적인 시선만을 보낸 것은 아니었다.

남궁세가가 무너지고 그들을 돕기 위해 움직였던 팽가와 악가의 정예가 몰살을 하는 과정에서, 또한 극적으로 남궁세가를 탈출하여 살아남은 사람들로부터 대정련이 남궁세가를 버렸다는 사실이 드러난 것이었다.

당시 대정련의 정예를 잡기 위해 흑검전단이 매복을 하고 있었다는 사실과 또 남궁세가를 치기 위해 동원된 전력이 모용세가나 형산파를 쳤을 때와는 비교도 되지 않는다는 사실이 알려지면서 어차피 남궁세가의 몰락은 막을 수 없었다고 말하는 사람들도 있었지만 그래도 대정련이기에, 다른 곳도 아닌 대정련이기에 불리함을 알면서도, 실리보다는 의와 협에 목숨 따위는 초개와 같이 버릴 수 있어야 했다면서 비난을 하는 것이었다.

그리고 바로 지금 남궁세가를 외면하고 감쪽같이 모습을 감춘 대정련의 정예들이 예전 사도천의 총단이 있던 경덕진에 접근하고 있었다.

"결국 무너졌다고 하는군요."

운섬은 남궁세가의 몰락이 마치 자신의 잘못이라도 되는 듯 어두운 얼굴을 하고 있었다.

"아미타불!"

 무광은 지그시 눈을 감고 남궁세가가 있는 쪽을 향하여 진중히 염불을 외며 희생된 사람들의 극락왕생을 빌었다.

 나한전주 공성과 사대금강을 비롯한 소림사의 무승들이 무광을 따라 염불을 외고 나머지 사람들도 제각기의 방식으로 망자들을 추모했다.

 엄숙한 분위기 속에 사도천 총단을 살피기 위해 움직였던 개방의 소방주 여호량이 돌아왔다.

 "분위기는 어떻던가?"

 화산파의 정예를 이끌고 있는 이일화의 물음에 막 목을 축이던 여호량이 입가를 타고 흐르는 물기를 소맷자락으로 쓱 문지르며 입을 열었다.

 "군사님의 말씀대로 암흑마교의 총타로 삼는다는 말이 사실인 모양입니다. 대대적인 공사를 벌이고 있더군요. 거의 마무리 단계로 보였습니다."

 "병력은 어느 정도나 되는 것 같은가?"

 어느새 곁으로 다가온 공성이 물었다.

 "현재 사도천 총단을 점령하고 있는 자들은 흑천전단으로……."

 "흑천전단이라면 지난번 복우산에서 만났던 자들 아닙니까?"

 무광의 물음에 여호량이 고개를 끄덕였다.

"그런 것 같습니다. 당시 거의 괴멸된 것으로 아는데 다시 인원을 보충했는지 제법 수가 되더이다. 광천(狂泉), 한 백여 명 되었던가?"

여호량이 자신과 함께 움직였던 오결제자에게 물었다.

"대충 그 정도 될걸요."

개방에서 오결이라면 거의 분타주 급인데 건성으로 대답을 하는 청년은 이제 겨우 약관이나 되었을까 할 정도로 어려 보였다.

"그들뿐입니까?"

"흑룡전단 중 흑룡사대가 함께 있었습니다. 그러니까 그자의 이름이⋯⋯."

여호량이 또다시 말끝을 흐리자 광천이 대신 대답했다.

"백사류(白死流)라고, 얼굴에 개기름이 번지르르 낀 것이 계집 여럿 후리게 생긴 놈이더군요."

앞뒤 말이 다소 어울리지 않는다는 생각에 빙긋 웃은 무광이 다시 물었다.

"그렇다면 도합 삼백 명 정도가 지키고 있다는 말씀이군요."

"그 정도면 우리의 힘으로 충분히 쓸어버릴 수 있을 것 같군."

이일화가 검집을 살짝 두드리며 말했다.

그때, 광천이 한마디를 툭 내뱉듯 던졌다.

"그러다 죽습니다."

"뭣이라? 지금 뭐라 했는가?"

"죽는다고……."

기겁을 하며 광천의 입을 틀어막은 여호량이 얼굴에 노기가 드러난 이일화에게 황급히 사죄를 했다.

"용서하시지요. 이놈이 가끔 말을 막하는 버릇이 있는지라."

"아무리 그래도 그렇지, 선배를 대하는 태도가 영 아니잖아."

화를 참고 있는 이일화를 대신해 매화가 새겨진 검을 품에 갈무리한 청년 조청천(趙靑天)이 노골적으로 불쾌감을 드러냈다.

"네가 이해해 줘라. 내 사제라서 하는 말이 아니라 이놈이 좀 그래. 사부님도 아주 골머리를 썩으시지."

어릴 적 같은 마을에서 자라고 거의 동시에 화산과 개방으로 들어간 조청천과 여호량. 꽤나 두터운 친분을 가지고 있는 터라 말을 주고받음에 거리낌이 없었다.

"큼."

여호량이 거듭 사과를 하자 조청천도 더 이상 화를 낼 수가 없었다.

"뭣 해, 당장 사과드리지 않고?"

여호량이 광천을 향해 눈을 부라렸지만 광천은 도리어 언성을 높였다.

"제가 뭐 틀린 말 했습니까? 사형도 그곳에 누가 있는지 봤 잖아요. 창존 묵천군에 그 뭣이냐, 백병마객(白兵魔客)인가 뭔 가 하는 노괴도 있었잖아요. 으으으."

방금 전, 총단을 살피러 갔다가 무림칠괴의 한 사람이었던 백병마객 유월산(劉月汕)에게 걸려 하마터면 목숨을 잃을 뻔 한 광천은 당시의 상황을 떠올리는 것만으로도 끔찍한지 몸 서리를 쳤다.

"지금 창… 존이라 했나?"

이일화가 떨리는 음성으로 물었다.

"예, 창존 묵천군. 그가 있더군요."

여호량이 한숨을 내쉬며 말했다.

"백병마객이라면 백병이 든 목관을 끌고 다니며 비무를 한 다는 괴인 아냐?"

조청천의 물음에 여호량이 고개를 끄덕였다.

"그래, 그 인간이야."

"그가 암흑마교 사람이었단 말이야?"

"그러게 말이다. 나도 얼마나 깜짝 놀랐던지. 십여 장 떨어 진 곳에서 던진 비도에 하마터면 그대로 황천 갈 뻔했다. 그 들뿐만 아니라 만만치 않은 기도를 뿜어대는 노인들도 있더 라. 아마도 백팔마인인가 뭔가 하는 자들 중 일부일 거야. 암 흑마교의 호법이라는."

"생각보다 막강하네."

"그래, 쉽지는 않겠어."

여호량이 무거운 표정으로 고개를 끄덕이자 운섬이 가만히 입을 열었다.

"처음부터 쉽다고는 생각하지 않았습니다. 그래도 해야겠지요."

"맞습니다. 남궁세가까지 포기한 마당에 아무런 성과도 없이 돌아갈 수는 없습니다."

이일화가 맞장구를 쳤다.

"일단 알아낸 정보를 통해 세부적인 계획을 짜보는 것이 좋겠소이다. 그 밖에 다른 정보는 무엇이 있소?"

"그러니까……."

공성의 물음에 여호량은 사도천 총단의 상황에 대해 한참이나 설명을 했다.

비록 깊숙이 잠입을 하려다 백병마객에게 들켜 상세한 내부 상황을 알 수는 없었지만 각 건물의 위치나 경계 상태 등 대략적인 사항에 대해선 파악이 끝난 상태였다.

여호량의 설명이 끝나고 그가 전해준 정보를 바탕으로 공격에 대한 토의가 시작됐다.

이후에 보다 많은 면밀한 검토를 통해 최대한 피해없이 승리를 거둘 수 있는 작전을 세워야겠지만 한 가지만큼은 누구의 이의도 없이 쉽게 결정되었다. 창존은 무광이, 백병마객은 운섬이 각기 상대한다는 것이었다.

"그러니까 대정련 놈들도 이곳에 왔다는 말인가요? 총단을 노리고?"

가소롭다는 듯 살짝 웃는 장영을 보며 예당겸은 어찌 말을 해야 할지 다소 난감해졌.

사도천의 총단이 암흑마교의 전진기지로 변하는 것만큼은 두고 보지 못하겠다는 장영의 의견을 좇아 병력을 동원하기는 하였지만 현재 사도천의 전력으로는 총단에 있는 암흑마교와 싸운다는 것은 다소 무모한 일이었다. 특히 창존과 백병마객이 있는 한 더욱 그랬다.

그런 상황에서 우연찮게도 대정련이 같은 목표를 노리고 있다는 정보는 그야말로 가뭄의 단비와 같은 것이었다.

비록 과거엔 만나기만 해도 서로에게 칼을 겨눈 채 으르렁거리는 사이였지만 적의 적은 동지와 같다고 암흑마교라는 거대한 적을 맞이한 지금은 함께 손을 잡아도 이상할 것이 전혀 없었다.

그런데 대정련의 소식을 들은 장영의 반응이 영 이상했다.

적개심까지는 아니더라도 내뱉는 말투나 눈빛이 그들과 힘을 합칠 생각은 아예 하지 않는 것 같았다.

"협공을 하는 것이 어떻겠느냐?"

예당겸이 조심스레 물었다.

"협공을요?"

"창존 묵천군이라면 결코 만만한 상대가 아니야."

"만만한 상대가 아닐지 몰라도 제 상대는 아닙니다."

장영의 말에는 광오함까지 깃들어 있었다.

수백 년 만에 사황의 무공을 재현한 장영이라면 당연히 지닐 수 있는 자신감이었지만 문제는 적이 창존 한 명뿐이 아니라는 데 있었다.

"창존은 네가 상대한다고 해도 다른 사람은 어찌해야 하느냐? 우리의 전력은 너무 약하다. 큰 피해가 발생할 거다."

"대장로님께서 무엇을 걱정하시는지 모르지 않습니다. 그런데 한 가지 잘못 알고 계시는 것이 있어요."

장영이 부드럽게 미소 지으며 말했다. 은은한 혈광이 비치는 눈빛, 모르는 사람이 봤다면 오싹한 공포심을 맛보아야겠지만 예당겸에게 그만큼 믿음이 가는 것도 없었다.

"공격은 저와 이들이 합니다."

장영이 그의 뒤에 가만히 서 있는 영혼의 도살자들을 가리키며 말했다.

"너와 삼혼(三魂)만으로? 그게 가능하겠느냐?"

산정호가 깜짝 놀라 되물었다.

"지금 총단을 되찾는다고 해도 지킬 수가 없습니다. 지금은 그저 사도천의 부활을 알리는 인사 정도면 충분하지 싶습니다."

"흐음, 그렇다면야······."

산정호가 놀란 가슴을 쓸어내리며 고개를 끄덕였다.

얼마 전, 삼혼의 실력이 어떤지 궁금했던 예당겸은 삼혼과 직접 손속을 겨뤄본 적이 있었다.

말도 못하고 의식도 없이 오직 장영의 의지에 따라 움직이는 삼혼이었지만 그 강함이란 뭐라 말로 표현할 길이 없었다.

도검불침의 신체는 물론이요, 전신에서 뿜어져 나오는 사기(邪氣)를 감당한 것만으로도 진이 빠질 정도였다.

무엇보다 그들이 쓰는 무공이 사황의 무공이라는 것에 경악을 금치 못했는데, 최고의 무공이라 할 수 있는 사령단섬폭까지는 아니어도 사황진경에 수록된 온갖 신공절예를 익히고 있었다. 백여 초를 겨루는 동안 간신히 동수를 이루기는 했으나 장영이 싸움을 멈추게 하지 않은 채 시간이 조금만 지났으면 더 이상 버티지 못하고 패했을 것이다.

"언제쯤 움직일 생각이냐?"

산정호가 물었다.

"글쎄요. 최소한 대정련보다는 빠르게 움직일 생각입니다만."

"나도 함께 갈란다."

"문주, 그건······."

예당겸이 깜짝 놀라 바라보았다.

"제자의 첫 출정인데 사부가 되어서 뒤에 물러나 있을 수는 없지 않겠습니까? 너무 걱정하지 마시지요. 아직까지 제 몸을 지킬 힘은 있습니다. 여차하면 뒤로 물러나도 되고. 네 생각은 어떠냐?"

"편한 대로 하세요. 그렇지만 너무 무리를 하지는 마시고요."

예당겸과는 달리 장영은 별다른 토를 달지 않고 순순히 허락했다.

* * *

쾅!

작열하던 태양이 모습을 감추고 서산 너머 노을이 온 세상을 붉은 빛으로 물들일 때 천지를 뒤흔드는 굉음이 사도천 총단을 뒤덮었다.

삼혼을 대동한 장영이 산정호와 함께 사도천 총단을 급습한 것이었다. 아니, 급습이란 말은 어울리지 않았다.

장영은 은밀히 담을 넘어 중심부부터 치자는 산정호의 말에 사도천의 후계자로서 있을 수 없는 일이라며 단 두 번의 칼질로 거대한 정문을 박살 내버렸다. 그리곤 보무도 당당히 사도천으로 들어섰다.

난데없는 적의 등장에 암혹마교는 그야말로 난리가 났다.

처소에서 가볍게 술 한잔을 걸치고 있던 창존과 백병마객은 정문의 경계를 서고 있던 흑천전단 스무 명의 대원이 순식간에 전멸을 하고 적을 막기 위해 움직인 나머지 대원들의 피해 또한 막심하다는 소식을 듣고는 황급히 몸을 일으켰다.

가히 빛의 속도로 내달려 전장에 도착한 두 사람은 그들 앞에 드러난 참상에 입을 쩍 벌렸다.

그 짧은 시간에 어림잡아도 삼사십은 되어 보이는 시신이 무참하게 널브러져 있었다. 수하들의 주검은 마치 짐승들에게 당한 것처럼 온몸이 갈가리 찢겨 형체를 알아보기 힘들 정도였다.

"허!"

싸늘한 눈빛으로 적을 살피는 창존의 입에서 어이가 없다는 탄식이 터져 나왔다.

고작 다섯 명이었다.

적은 실로 대범하게도 한 줌도 되지 않는 인원으로 기습을 해온 것이었다.

행여나 다른 적이 있을까 주변을 면밀히 살펴보았지만 그 누구의 기척도 감지되지 않았다.

"미친놈들이 아닌가!"

창존의 말에 백병마객이 착 가라앉은 음성으로 말했다.

"아니면 그만큼 자신이 있다는 말일 수도 있겠군."

잠자리는 물론이고 측간에 갈 때에도 끌고 간다는 목관을 연 백병마객이 노을빛에 반사되어 혈광을 뿌리는 검을 꺼내 들었다.

"자네 말이 맞을지도 모르겠군. 그러고 보니 실력들이 만만치 않아 보여. 포위 공격을 당한 것이 아니라 오히려 다섯 명이서 포위를 한 듯 보이기도 하고."

창존이 안색을 굳히며 창을 쥔 손에 힘을 주었다. 그리곤 창끝을 한 사람에게 겨누었다.

"저놈은 내가 맡지."

그가 가리킨 사람은 뒷짐을 지고 삼혼과 산정호의 싸움을 지켜보는 장영이었다.

전장 한가운데 있으면서도 정문을 박살 낸 이후 단 한 번도 손을 쓰지 않은 장영은 마치 자신은 싸움과 전혀 상관없다는 듯 방관자적인 태도를 취하고 있었는데, 심지어 적이 그를 공격해 와도 아무런 반응도 보이지 않았다. 물론 적의 공격은 단 한 번도 그에게까지 도달하지 못했다. 삼혼에 의해 모조리 차단된 것이었다.

"그럼 난 저놈을 맡지. 나머지는 알아서들 하겠지."

내심 아까운 상대를 놓쳤다는 생각에 입맛을 다신 백병마객이 산정호에게 걸어가며 말했다.

창존은 이미 장영에게 걸어가고 있었다.

"창? 당신이 창존인가?"

장영이 자신을 향해 일직선으로 걸어오는 창존에게 시선

을 주며 물었다.

장영의 무례한 말투에 창존의 눈꼬리가 하늘로 치켜 올라갔다.

"네놈은 누구냐?"

창존의 물음에 장영이 싱긋 웃었다.

"사황."

"지금 그게 무슨 소리야? 사도천 총단이 공격을 당하고 있다니?"

잠시 후에 있을 결전을 대비해 휴식을 취하고 있던 대정련의 정예들은 갑작스레 날아온 급보에 다들 황당함을 금치 못하고 있었다.

"무슨 소리냐니까? 누가 누구를 공격해?"

조청천이 거듭 묻자 여호량도 답답하다는 듯 고개를 흔들었다.

"그게… 나도 잘 모르겠다. 광천이 갔으니까 조금만 더 기다려 봐. 어쨌건 우리보다 먼저 움직인 이들이 있는 것 같으니까."

"허! 대정련 말고도 암흑마교에 정면으로 맞설 수 있는 이들이 있단 말인가?"

이일화의 감탄에 조청천이 물었다.

"혹여 사도천이 아닌지 모르겠습니다."

"사도천이?"

"예, 사숙. 사도천의 대다수가 무너지고 암흑마교에 굴복했다고는 하지만 그래도 대항을 하는 자들이 있을 겁니다. 근자에 그런 움직임도 있다고 하고요."

그러자 여호량이 고개를 흔들었다.

"그건 아니라고 본다. 사도천은 그만한 여력이 없어. 네 말대로 조금씩 준동을 하는 것 같기는 하다만 암흑마교를 정면으로 칠 정도는 아니야. 이후라면 모를까."

"하면 대체 누구란 말이야? 인근에 아직도 버티고 있는 문파들이 있나?"

"그러니까 이상하다고. 아무리 생각해도 없는데 말이야."

"아무튼 정보를 기다리고 있을 시간이 없다고 봅니다. 현재 암흑마교가 공격을 받고 있는 것은 틀림없는 사실이고 누가 되었든 우리와 뜻을 같이하는 사람들일 겁니다. 도와야 합니다."

운섬이 공성의 말에 동의를 표했다.

"예, 저도 그리 생각합니다. 계획이 조금은 어긋났지만 우리를 도와줄 수 있는 이들이 있다면 차라리 잘된 것인지도 모릅니다."

"결정이 난 것 같군요. 그럼 움직이도록 하지요."

이일화가 매화검수들을 이끌고 앞으로 나서자 운섬과 무당파의 제자들이 그 뒤를 따랐다.

그들이 할 수 있는 최대한의 속도로 내달린 대정련의 무인들은 이각여 만에 사도천 총단에 도착할 수 있었다.

"오, 오셨습니까?"

멍한 눈으로 싸움을 지켜보던 광천이 황망히 달려왔다.

"무슨 일인지 알아보고 오랬더니 뭐 하고 있는 거야?"

여호량이 버럭 화를 냈다.

"그, 그게……"

우물쭈물하던 광천이 전장으로 손가락질을 했다.

"직접 봐요. 이건 정말 말도 안 되는 일이 벌어지고 있어요."

사람들의 눈이 일제히 한곳을 향해 움직이자 광천은 흥분이 가시지 않은 음성으로 말을 이었다.

"현재 암흑마교를 공격하는 곳은 사도천입니다."

"사도천이?"

여호량이 전방을 주시한 상태로 물었다.

"예. 그런데 다섯 명뿐이에요. 고작 다섯 명으로 공격을 해 왔다고요."

"미친 거 아니야?"

"나도 그렇게 생각했죠. 하지만 봐요, 사형. 저들 중 단 한 사람도 쓰러지지 않았어요. 반면 암흑마교에선 벌써 오십 명도 넘는 인원이 목숨을 잃었지요. 그리고 무엇보다 대단한 건 창존 묵천군이 듣도 보도 못한 애송이 하나를 감당하지 못해

사황(邪皇)

쩔쩔매고 있다는 거지요."

굳이 말을 할 필요는 없었다.

그의 설명이 아니더라도 전장을 주시하는 대부분의 사람들 눈이 외따로이 떨어져 경천동지할 싸움을 벌이고 있는 장영과 창존의 싸움에 집중되어 있었다.

"저, 정말 창존이다."

언젠가 그의 무위를 직접 볼 수 있었던 이일화가 떨리는 몸을 간신히 진정시키며 중얼거렸다.

당시 보여주었던 무위란 도저히 인간의 것이라 할 수 없는 것.

벌써 이십여 년이 지난 일이지만 그의 창이 번뜩일 때마다 하늘과 땅이 진동하고 천하가 숨을 죽였던 그때의 충격이 아직도 뇌리에 깊이 박혀 있었다.

한데 그런 창존을 상대로 대등하게, 아니, 그 이상으로 선전을 하는 청년이 있었다.

"대체 누구길래……."

이일화의 중얼거림에 여호량이 다소 자신감없는 음성으로 대답했다.

"장영이라고… 아무래도 사도천의 소천주 같군요. 지난번 공격으로 죽었다고 알려졌는데."

여호량의 말을 들으며 누구보다 눈빛을 빛내는 사람이 있었다.

'장영이라…….'

무광은 언젠가 탐랑성의 후계자로서 천하를 움켜쥘 것이라 선언했던 장영의 모습을 떠올리며 입가에 살짝 미소를 지었다. 벌써 십 년 가까이나 된 일이지만 당시 맹랑했던 모습이 똑똑히 떠올랐기 때문이다.

"사도천의 소천주가 뛰어나다는 말은 들었지만 이건 정말 상상 이상이구나. 천하의 창존이 저렇듯 고전하는 모습을 보게 되다니 말이야."

공성이 무광의 곁으로 다가오며 말했다.

"예, 대단한 무위입니다."

무광은 자신도 모르게 끓어오르는 호승심을 애써 누르며 차분히 싸움을 지켜보았다.

창존은 창이라는 장병을 사용하면서도 동작 하나하나에 허튼 것이 없었고 겉으로 보이는 화려함 또한 없었지만 대신 빠르고 간결한 동작에서 숨이 턱턱 막힐 정도의 폭발적인 위력을 보여주고 있었다.

수많은 실전 경험으로 완성된 창존의 창술은 무척이나 실용적이었던 것에 반해 장영의 움직임은 기묘함 그 자체였다.

그의 발은 단 한 번도 멈춰 있지 않았다.

끊임없이 움직이고 또 움직였으며 그때마다 교묘히 흔들리는 몸의 움직임은 창존의 모든 공격을 완벽하게 회피했다. 게다가 몸이 움직일 때마다 주변에서 일렁이는 혈무는 그의 움직임을 더욱 은밀하고 신비롭게 만들어주었으며 그 혈무 속에서 튀어나오는 공격에 창존은 꽤나 당황하는 모습이었다.

"백병마객의 명성 역시 명불허전이구나."

공성의 시선이 어느새 산정호를 몰아붙이고 있는 백병마객에게 향했다. 무광 또한 자연스레 그쪽으로 시선을 돌렸다.

하지만 잠깐뿐이었다.

창존과 장영의 싸움이 단순히 지켜보는 것만으로도 손에 땀을 쥐게 할 정도였다면 백병마객과 산정호의 대결은 다소 감흥이 떨어졌다.

둘의 대결은 치열하기는 했어도 단순히 고수들끼리의 싸움 그 이상도 이하도 아니었다.

오히려 무광의 시선을 끈 것은 암흑마교의 호법에게 합공을 당하면서도 발군의 실력을 보여주는 세 명의 사내였다.

"어찌 생각하시는지요?"

무광이 삼혼을 가리키며 물었다.

"굉장히 독특한 자들이구나. 적발에 적미라니… 사도천에 저런 인물이 있다는 말은 듣지 못했거늘."

"무엇보다 무공이 뛰어납니다. 어딘지 모르게 부자연스럽기는 하지만 사용하는 무공 하나하나가 예사로운 것이 없습니다."

"그렇구나. 분명 보통 실력이 아니야."

공성도 무광의 말에 동의를 했다.

"어쨌건 지금처럼 좋은 기회는 없을 것 같구나. 공격 명령을 내리는 것이 좋겠다."

배분을 떠나 현재 대정련의 정예를 이끌고 있는 사람은 무광이었다.

무광으로부터 공격 명령이 떨어지자 대정련의 이백 정예가 힘찬 함성과 함께 일제히 전장으로 뛰어들었다. 그들이 모습을 드러낼 때부터 바짝 긴장하고 있던 암흑마교의 무인들 역시 함성으로 호응하며 달려왔다.

'어, 어째서?'

산정호는 숨 쉴 틈도 없이 쏟아지던 백병마객의 공격이 갑자기 날카로움을 잃자 의아한 생각이 들었다. 혹여 장영이 자신을 위해 나선 것은 아닌가 하는 생각에 고개를 돌렸지만 그곳에는 장영이 아닌 전혀 낯선 사람이 서 있었다.

청색 도복(道服)을 단정히 입고 온화한 기운을 풍기고 있는 청년.

백병마객은 이미 산정호에게서 시선을 거두고 있었다.

평생 동안 강자만을 상대하고 또 도전했던 백병마객은 새로운 적, 도저히 실력이 가늠되지 않는 운섬의 등장에 알 수 없는 기대감에 들떠 있었다.

사황(邪皇)

"꺼져라."

산정호를 향해 차갑게 내뱉는 백병마객.

모멸감에 온몸을 떨었지만 자신은 이미 그의 상대가 아니라는 것을 알고 있던 산정호는 입술을 지그시 깨물었다.

'이럴 줄 알았으면 차라리 대장로의 말을 들을 것을 그랬어.'

물론 계속해서 싸움을 한다 해도 목숨을 잃지는 않았을 것이다. 이길 수는 없어도 충분히 빠져나올 자신은 있었다. 하나, 이렇듯 모욕을 당할 줄은 꿈에도 몰랐다.

산정호는 아예 상대할 가치도 없다고 선언하는 백병마객의 태도에 온몸을 부르르 떨었다. 그렇다고 다시 싸우기도 뭐했다.

"자넨 누군가?"

"운섬이라 합니다."

"운섬이라면……."

언젠가 들어본 이름이었다.

곰곰이 생각하던 산정호의 동공이 급격하게 팽창했다.

"낙일검? 자네가 낙일검 운섬이란 말인가?"

"그렇습니다."

"허!"

비로소 백병마객의 반응이 이해가 갔다. 그리고 자신이 물러나야 하는 명확한 이유를 찾을 수 있었다.

"이런 말을 하기엔 조금 그렇지만 어쨌건 부탁하네."

운섬은 살짝 고개를 끄덕이는 것으로 대답을 대신하고 백병마객을 향해 설송검을 가만히 들어 올렸다.

"내 근자에 무당에 괜찮은 검이 있다는 말을 들었다. 그것이 바로 너구나."

"운섬이라 합니다."

"이름은 됐다. 검객은 그저 검으로써 자신의 이름을 대신하면 된다."

차갑게 웃은 백병마객이 선공을 취했다.

그의 몸이 움직였다고 여긴 순간, 검은 이미 운섬의 좌측을 파고들었다.

운섬이 풍차처럼 검을 휘둘러 백병마객의 검을 막았다.

충돌은 없었다.

백병마객이 순식간에 방향을 틀어 반대편으로 검을 움직였다.

운섬 역시 빠르게 반응했다.

단지 손목을 돌리는 것만으로 검의 방향을 바꿔 백병마객의 검을 막았다.

"제법이군."

백병마객의 입가에 웃음이 깃들었다.

단 한 번의 공방으로 운섬의 실력을 인정한 것이었다.

짜릿한 희열감에 심장이 쾅쾅 뛰었다.

꽈꽈꽝꽝!

장영과 창존의 격돌은 한 치의 양보도 없이 실로 팽팽하게 이어졌다.

창존의 공격은 실로 패도적이었다.

그의 창이 움직일 때마다 어마어마한 회전력이 창을 보호하며 주변을 휩쓸었다.

그 회전력에 걸린 것은 그 어떤 것도 무사할 수가 없었다.

땅이 쩍쩍 갈라지고 나무가 뿌리째 뜯겨 날아갔으며, 조경을 위해 설치한 석상(石像)은 물론이고 새롭게 지은 전각 또한 모래성처럼 무너져 내렸다.

그럼에도 불구하고 한낱 피육으로 된 인간의 몸을 어쩔 수는 없었다.

창존이 공격을 하고 장영이 이를 피하며 간혹 역습을 가하는 방식으로 이어진 싸움.

좀처럼 우열이 가려지지 않던 싸움에 마침내 변화가 시작됐다.

처음 공격의 주도권을 잡은 사람은 분명 창존이었지만 그것은 장영이 의도한 것이었다.

사황의 무공을 익히기는 했으되 아직 대전 경험이 없었던 장영은 창존의 공격을 견디면서 사황의 무공을 보다 완벽하게 몸으로 체득을 했고, 어느 정도 때가 이르렀다고 생각되자

수세에서 본격적인 공세로 전환을 시작했다.

장영의 움직임이 조금씩 빨라졌다.

그에 발맞추어 그를 휘감고 있던 혈무가 더욱 진해졌다.

승부를 길게 끌 생각은 추호도 없었다.

장영이 칼을 천천히 회전시키기 시작했다.

방금 전, 창존의 공격에 휘말려 허공으로 치솟았다가 이제 겨우 하강을 시작한 흙먼지가 재차 비산했다.

땅!

장영의 주먹이 칼날을 비껴 때렸다.

순간, 칼에 휘말려 비산하던 흙먼지가 자석에라도 끌린 듯 회오리치며 창존을 향해 매섭게 날아갔다.

"어디서 감히 잔재주를!"

창존은 회오리치며 날아오는 흙먼지, 그리고 그 중간을 가르며 날아오는 칼을 보며 코웃음 쳤다.

물러서지 않고 창을 찔러 넣는 창존.

창!

창끝과 칼끝이 부딪치며 날카로운 금속성이 울려 퍼졌다.

그 반발력으로 허공으로 뛰어오른 장영이 창존을 향해 칼을 수직으로 내리그었다. 그러자 뿌옇게 흩날리는 흙먼지를 뚫고 내리꽂히는 거대한 강기가 모습을 드러냈다.

"승부로군."

입술을 잘근 깨문 창존이 왼쪽 무릎을 앞쪽으로 살짝 굽히고 창을 회전시키기 시작했다.

후우우우웅.

세상 모든 것을 빨아들이겠다는 기세로 회전하는 창을 따라 미친 듯이 비산하던 흙먼지가 거대한 회오리를 만들고, 충분히 힘이 실렸다고 판단한 창존이 장영이 일으킨 강기를 향해 창을 뻗었다.

창은 하나였지만 허공으로 치솟는 회오리는 정확히 열여덟.

이름하여 회룡승천(回龍昇天).

창존의 독문창법 승룡십팔식(昇龍十八式) 중 최강의 절초였다.

'대단하군.'

장영은 회오리 하나하나에 담긴 위력이 천지를 뒤집어엎을 정도로 위력적이라는 것을 잘 알고 있었다.

감탄은 했지만 진다는 생각은 결코 하지 않았다.

자신이 펼치는 무공, 사령단섬폭의 위력은 다른 누구보다 자신이 너무도 잘 알고 있었다.

팍!

창존이 일으킨 회오리 하나가 강기에 휩싸여 순식간에 사라졌다.

파파팍!

장영의 강기에 부딪칠 때마다 연거푸 사라지는 회오리.

회오리가 하나씩 사라질 때마다 창존의 몸이 흔들리고 안색이 창백해졌다.

 팍!

 마지막 회오리마저 사라지고 남은 것이라곤 오직 창존의 손을 떠난 창뿐.

 창존의 얼굴은 이미 심각하게 일그러져 있었다. 어쩌면 벌써부터 패배를 직감했는지도 모르는 얼굴이었다.

 쾅!

 마침내 싸움의 마지막을 알리는 충돌음이 들리고 강기를 감당하지 못한 창이 힘을 잃고 떨어져 내렸다.

 온 힘을 다해 창을 움직였던 창존이 뒷걸음질치며 피를 토해낼 때 허공에서 내리꽂힌, 여전히 무시무시한 힘을 자랑하는 강기가 그를 덮쳤다.

 비명은 없었다.

 뒤늦게 땅에 떨어진 장창만이 장영의 강기에 머리부터 발끝까지 정확히 양단되어 쓰러진 주인, 창존의 죽음을 서글프게 알릴 뿐이었다.

 "이게 무슨 무공이냐?"

 백병마객이 자신의 가슴을 가르고 간 검의 궤적을 떠올리며 물었다.

 "태극만상일여검이라 합니다."

"태극만상일여검? 무당에 그런 무공도 있었던가?"

"세간에는 잘 알려지지 않았지만 무당의 무공이 틀림없습니다."

"설마하니 무당에 이런 검공이 있을 줄은 몰랐군."

"……."

"너의 승리다."

백병마객은 별다른 변명을 하지 않았다.

최선을 다했음에도 졌다는 것은 상대가 자신보다 강하다는 것. 패배에 이유를 찾는 것만큼 구차한 것은 없었다.

"언젠가 이런 날이 올 줄은 알고 있었지만 조금 서글프기는 하군."

백병마객의 몸이 살짝 기울었다.

"하지만 강한 무공을 견식했으니 그것으로 되었다."

그 말을 끝으로 백병마객의 몸이 힘없이 무너졌다.

"무량수불."

운섬이 가만히 도호를 되뇌었다.

"멋진 승부였습니다."

무광이 쓰러진 백병마객을 바라보며 말했다.

"힘든 상대였습니다."

운섬이 목울대를 타고 오르는 울혈을 억지로 가라앉히며 말했다.

"의외로 보기 드문 무인 같습니다. 암흑마교에 이런 인물이 있을 줄이야."

 바로 그때 뒤쪽에서 냉소가 들려왔다.

 "흥, 대정련에만 제대로 된 무인이 있다는 소리로 들리는군."

 창존을 쓰러뜨린 장영이었다.

 느긋한 걸음걸이로 다가온 장영이 싸늘하게 식어가는 백병마객의 주검과 운섬을 번갈아 보며 입을 열었다.

 "놀라운 무공이더군."

 "운이 좋았을 뿐입니다."

 "훗, 그 운이 나와 붙을 때도 계속 이어지기를 바라지."

 순간, 둘의 대화를 지켜보던 무광의 눈초리가 서늘해지자 장영이 비릿한 미소를 지었다.

 "왜? 지금 붙어보게?"

 "원한다면."

 무광의 몸에서 투기가 끓어오르자 장영의 안색도 확 변했다.

 당황한 운섬이 재빨리 그들 틈에 끼어들었다.

 "아직 싸움이 끝나지 않았습니다. 다들 자중하시지요."

 "상관없어."

 장영이 물러날 기미가 보이지 않자 다급해진 운섬이 산정호에게 시선을 던지며 도움을 요청했다.

 한숨을 내쉰 산정호가 다가와 장영의 어깨를 잡았다.

"그만 하거라. 아직은 때가 아닌 것 같구나. 원한 것은 아니지만 이들의 도움도 있었고. 우선 급한 것은 놈들을 쓸어버리고 사도천의 자존심을 살리는 것이지 않겠느냐?"

산정호까지 말리는 상황에서까지 분란을 일으킬 수 없었던 장영이 표정을 풀었다. 하지만 몇 마디 말을 던지는 것은 잊지 않았다.

"너희들이 없어도 충분했다."

발끈하려는 무광을 운섬이 잡아끌었다.

말을 섞어봤자 서로의 감정만 상하리라는 것을 알기 때문이었다.

산정호와 운섬의 중재로 더 이상의 대립은 일어나지 않았고 싸움은 생각보다 쉽게 마무리가 되었다.

창존과 백병마객을 잃은 암흑마교는 구심점을 잃고 흔들리다가 곧 일패도지했다.

싸움이 끝난 후, 사도천 총단을 불태우겠다는 장영의 말에 대정련은 두말 않고 물러났다. 그들도 사도천 총단이 암흑마교의 전초기지로 변하는 것은 원치 않았기 때문이다.

활활 타오르는 사도천의 총단을 바라보는 대정련의 무인들.

나름 대단한 일을 해냈지만 다들 안색이 어두웠다.

장영이 스스로를 사황의 후계자로 칭했기 때문이다.

비록 지금 당장은 문제가 되지 않겠지만 이후엔 어떤 일이 벌어질지 아무도 몰랐다.
 사황이라는 이름이 주는 무게감은 그만큼 가벼운 것이 아니었다.

第五十六章

죽림(竹林)

하남성 정주에서 이백오십 리 떨어진 명산 운대산.

북으로는 멀리 태행산(太行山)을 바라보고, 남으로 넓디넓은 회천(懷川) 평원을 품고 있으며, 주봉인 수유봉(茱萸峰)을 중심으로 수없이 많은 봉우리와 협곡이 이어지고 도처에 시인묵객이 남긴 비각과 그들이 머물던 암자와 전각들이 전설처럼 남아 있는 그곳.

그중에서도 유난히 깊은 곳에 위치한 백가암(百家岩)은 위나라 말, 부패한 정치권력과 현실 세계의 달콤한 유혹에 타협하지 않은 일곱 명의 지사, 훗날 죽림칠현(竹林七賢)이라 불리며 존경을 받는 이들이 은거를 한 곳으로 옛날부터 많은 선비

들이 찾는 곳이기도 했지만 지금은 황도의 어느 거부의 별장이 되면서 인적이 끊긴 곳이었다.

한데 바로 그 백가암 주변이 전에 없이 붐비고 있었다.

하나같이 병장기를 휴대한 무인들.

그들은 형형한 눈빛을 뿜어내며 백가암 일대를 완벽하게 차단, 경계하고 있었다.

주변의 어수선한 분위기와는 달리 조금은 화려하게 증축된 백가암엔 그야말로 별천지가 펼쳐지고 있었다.

청아한 새소리는 듣는 이의 귀를 맑게 만들고, 곳곳에 피어 있는 기화요초는 눈을 맑게 만들어주었으며, 숲에서 바람결에 밀려오는 시원한 공기는 폐부를 깨끗하게 정화했다.

그런 백가암에 앉아 한가로이 장기를 두는 두 노인이 있었다.

좌측의 노인은 눈처럼 흰 백미가 볼까지 내려왔고 반대편에 앉은 노인은 특이하게도 머리카락이 하나도 없었다.

그들 옆에 문사건을 단정히 쓴 문사가 가만히 차를 끓이고 있었다.

또르르르.

차를 따르는 소리마저 운치가 있었다.

"향기가 제법이구나."

홍을 잡고 기물을 움직이던 백미노인이 고개를 살짝 돌리며 말했다.

"올해 얻은 대홍포(大紅袍)입니다."

중년문사가 조용히 대답했다.

"허~ 올해 딴 것이 벌써 나에게까지 온단 말이냐?"

천하제일의 품질을 자랑하지만 수량이 극히 적어 대부분이 황제에게 진상되고 극히 일부분만이 고관대작에게 팔려나간다는, 같은 무게의 금보다 적어도 열 배는 비싸다고 알려진 차가 바로 대홍포였다.

"황제라는 놈은 비싼 줄만 알지 맛도 모릅니다. 그리고 형님께 드리는데 뭣이 문제겠습니까?"

마주 앉아 상대의 공격을 어찌 막을까 고심을 하던 대머리노인이 대수롭지 않다는 듯 말했다.

"아무리 그래도 그렇지. 이러면 다른 사람이 곤란하지 않겠나?"

"곤란할 것도 없습니다. 길에서 뜯은 잡초로 차를 우려내도 모를 놈이니까요."

"허허허."

너털웃음을 흘린 백미노인이 잔을 들어 가만히 향을 음미했다.

"매년 마시는 거지만 역시 좋군."

백미노인의 얼굴에 감탄이 흘렀다.

"소제는 잘 모르겠습니다. 마시기는 하지만 차 맛은 영."

대머리노인이 문사가 따라준 차를 홀짝이며 말했다.

"허허, 금기서화(琴棋書畵)에 달통한 자네답지 않은 말이군."

"다 옛날 얘깁니다. 이제는 저 녀석에게도 형편없이 밀리는걸요."

대머리노인이 중년문사를 가리키며 말했다.

말은 그리해도 얼굴엔 흐뭇한 미소가 깃드는 것을 보면 부끄럽기보다는 오히려 자랑스럽게 여기는 듯했다.

"정말이더냐?"

"그럴 리가요. 미천한 능력으로 어찌 감히 사부님의 능력을 넘보겠습니까?"

중년문사가 담담히 웃으며 대꾸했다.

"들려오는 소식에 따르면 꼭 그렇지만은 않은 것 같구나. 이번엔 왕문 일파를 완벽하게 잠재웠다지?"

"부끄럽습니다."

중년문사가 고개를 숙이자 대머리노인이 기다렸다는 듯 입을 열었다.

"사사건건 트집을 잡고 방해를 하던 놈들을 쓸어버리니 앓던 이가 빠진 느낌입니다. 이 녀석이 얼마나 치밀하게 놈들을 무너뜨리는지 형님도 보셨어야 했는데요."

"굳이 저 녀석이 아니더라도 동생을 보면 알 수 있지. 형제가 정말 대단해."

"사부가 대단한 것이겠지요."

"쯧쯧, 그 나이가 되어도… 제자가 잘나면 그 공은 자연히 사부에게 오는 것. 적당히 겸손할 줄도 알아야지."

"이 맛에 제자를 키우는 것 아니겠습니까? 나이가 들어서 그런지 별로 흥미로운 것도 없고. 이제는 그저 세월만 축내는 것 같습니다."

"츱, 한 나라를 쥐락펴락하는 자네의 입에서 그런 말이 나오니 어째 이상하군. 정 심심하면 이번 기회에 아예 황제를 바꿔보는 게 어떤가?"

"황제를요?"

"그것도 아니면 자네가 해보든가."

"저보고 황제가 되라는 말씀입니까?"

대머리노인이 눈을 동그랗게 뜨고 물었다.

"못할 것도 없지 않은가?"

"못할 것이야 없지만… 관둡니다."

"어째서?"

"지켜보니 황제 자리도 만만치 않은 자리더군요. 온갖 귀찮은 일만 발생하고 날파리 떼는 어찌나 꼬이는지. 골치를 썩느니 무료한 것이 낫지요. 게다가 제가 황제보다 뭐가 부족하다고 그 자리에 앉겠습니까?"

손사래를 치는 대머리노인의 얼굴엔 스스로에 대한 무한한 자부심이 깃들어 있었다.

"그도 그렇군. 일인지하 만인지상이라는 승상이 자네의 발밑에 납작 엎드릴 정도니 말이야. 유일한 방해꾼인 왕문도 사라졌고."

"아직 하나가 더 남았습니다."

"호오, 아직도 자네에게 반기를 드는 자들이 있다는 말인가? 대체 누구기에?"

"동창(東廠)입니다."

"동창? 일전에 동창의 수장인 병필태감(秉筆太監)을 자네의 수족으로 갈지 않았던가?"

"하지만 동창에서도 병필태감의 명을 받지 않는 자들이 있습니다."

"처음 듣는 소리군. 그럼 그들을 움직이는 자들이 대체 누구란 말인가? 설마 황제?"

"예. 숫자는 얼마 되지 않지만 놈들이야말로 동창 중의 동창이지요. 병필태감의 명도 우습게 여기고 오직 황제의 명령만을 받든다고 했습니다. 정체도 드러나지 않았고요. 한데 그놈들이 제 뒤를 캐고 있는 것 같더군요."

"목숨을 여벌로 갖고 다니는 모양이군."

"여벌로는 부족할 겁니다. 아예 흔적도 없이 뭉개 버릴 테니까요."

순간 대머리노인의 눈에서 광기가 뿜어져 나왔다가 사라졌다.

"그 눈빛, 오랜만에 보는군. 자네가 내 목숨을 구해주고 처음 인연을 맺을 때였으니 한 오십 년 되었나?"

"사십팔 년 되었습니다."

어느새 눈빛을 가라앉힌 대머리노인이 과거를 회상하며 아련한 표정을 지었다.

"그때는 자네나 나나 많이 힘들었어."

"그랬지요. 형님은 온몸이 망가졌었고 저는 절망의 구렁텅이에서 헤어 나오지 못했으니까요. 지금 생각해 보면 지금의 인연을 만들려고 그랬던 것인지도 모르겠습니다."

"나도 그리 생각하네. 그나저나 뭐 하는가, 자네 둘 차례인데?"

백미노인이 장기판을 가리키며 말했다.

"그만두겠습니다. 아무리 생각해도 외통수를 벗어날 길이 없군요. 언제 이리 느셨습니까?"

"지금 내가 하는 일이 장기판의 기물을 움직이는 것과 똑같아서 말이야. 이리저리 연구를 하고 있다네. 어쩌면 그 덕에 실력이 늘었는지도 모르지."

"허허, 그런가요? 그래, 무림은 어찌 돌아가고 있습니까? 대충 이야기는 들었지만 꽤나 정신없이 흘러가고 있다지요."

"정신없지. 그만큼 재미도 있고."

"한데 언제까지 이렇듯 계실 겁니까? 이제는 원래의 자리를 찾으셔도 되지 않겠습니까? 배은망덕한 사제 놈에게도 천벌을 내리시고요."

"원래의 자리를 찾는다라……."

백미노인이 가만히 찻잔을 들이켜더니 말을 이었다.

"사실 자네의 말처럼 사제가 배은망덕한 것은 아니야. 솔직히 지금은 몰라도 그때는 나를 어찌할 실력도 되지 못했고. 자네도 알다시피 나를 폐인으로 만들고 쫓아낸 사람은 사제가 아니라 사부지. 뭐가 그리 두려워서 제자를 못 믿었는지."

"침묵을 지킨 것도 동조한 것이라 볼 수 있지요."

"그럴 수도. 뭐, 어쨌거나 되찾기는 해야겠지. 지금 당장은 아니지만."

"어째서 그렇습니까?"

"암흑마교는 나를 위해서 조금 더 놀아줘야 해. 대정련과 제대로 붙기도 해야 하고."

"암흑마교가 이길 수 있는 겁니까?"

"조금 힘들지 않나 생각하네. 현재 전력이야 암흑마교를 따라갈 곳이 없겠지만 대정련이 지닌 저력은 실로 만만치 않거든."

"그러다가 원래의 자리를 찾으신다고 해도 빈껍데기만 남지 않겠습니까?"

"상관없네. 어차피 암흑마교에 대한 미련은 없어. 나는 그저 내 힘으로 무림을 정벌할 생각이니까."

백미노인의 입에서 다른 사람들이 들었다면 실로 기겁을 금치 못했을 말이 흘러나오고 있었으나 정작 듣고 있는 대머리노인이나 중년문사는 너무도 태연히 이를 받아들이고 있었다.

다만 결코 그럴 수 없는 사람들이 있었다.

그중 한 명이 백가암에서 바로 내려다보이는 조그만 연못에 몸을 은신하고 있는 마혼이었다.

하후천의 밀명으로 죽림의 정체를 캐기 시작한 지 두어 달.

그의 발걸음이 마침내 과거 죽림칠현이 은거를 했다는 운대산의 백가암까지 이른 것이었다.

'교주께서 저 노인의 사제라는 말인가? 설마하니 전대 교주께서 또 다른 제자를 두셨단 말인가?'

혼란스러웠다. 그리고 두려웠다.

황제를 바꾼다는 말을 너무도 쉽게 내뱉고 무림의 현재 상황을 장기판에 비유하며 마치 모든 것을 조종하고 있다는 듯한 말투는 마혼에게 알 수 없는 공포심을 심어주었다.

믿을 수 없는 것이 당연했지만 어찌 된 일인지 그 모든 것이 사실 같았다.

그리고 또 한 명, 마혼과 조금은 다른 목적을 가지고 백가암에 침투한 사람이 있었다.

백가암 좌측 소나무 위에 은신하여 솔잎에 몸을 가리고 천리지청술을 펼쳐 대화를 엿듣고 있는 사람은 다름 아닌 철각비영 옥청풍이었다.

옥청풍은 죽림을 쫓아 백가암에 이른 것이 아니라 세간에 천화대상련주(天華大商聯主) 혜선(慧仙)으로 알려진 대머리노인을 미행해 백가암에 도착한 것이었다.

'역시 왕문의 난은 저들이 조작한 것이었군. 왕문마저 사라졌으니 저놈들 말대로 이제 저들을 견제할 수 있는 사람은 아무도 없다. 아무리 그렇기로서니 저렇듯 오만방자한 말을 서슴지 않다니.'

옥청풍은 마음만 먹으면 언제든지 황제를 거꾸러뜨릴 수 있다고 자신하는 혜선의 발언에 분개하면서도 그럴 수도 있다고 수긍하는 자신의 무력감에 미칠 지경이었다.

옥청풍은 머릿속에 떠오르는 온갖 잡생각을 애써 지우며 그들의 대화에 더욱 집중했다.

"아이들이 북해(北海)에 있다고 들었습니다."

"그렇다네. 대막을 접수하고 북해빙궁(北海氷宮)을 무릎 꿇리려 움직였지."

"그들만 굴복시키면 세외는 사실상 정리가 되는 것 아닙니까?"

"뭐, 그런 셈이지."

"대단합니다. 고작 그 인원으로 세외를 정벌하다니요."

혜선이 백가암이 떠나가라 탄성을 내질렀다.

"생각보다 시간이 걸리기는 했지만 다들 잘해내더군."

백미노인의 말에 혜선이 야유를 보냈다.

"형님도 참 욕심이 많으십니다. 천오백으로 세외를 정벌했습니다. 고작 천오백으로요. 지금껏 그와 같은 일을 누가 해냈단 말입니까?"

"훗, 그게 그렇게 되나? 이 모든 것이 자네의 공이야. 자네 덕에 대붕금시의 비밀을 풀었고 그 안에 숨겨져 있는 수많은 무공비급과 또 엄청난 양의 보물을 얻을 수 있었으니 말이네."

"형님이 아니었으면 대붕금시를 접할 수도 없었습니다."

쓴웃음을 지은 혜선이 목에 걸린 묘안석(猫眼石)을 만지작거리며 말했다.

"그나저나 야왕(夜王)이 대단하기는 대단한 인물입니다. 전 지금도 그때의 광경을 잊지 못합니다. 산처럼 쌓인 보물에 서가마다 꽉 찬 무공기서들."

"어쨌든 고마워해야지. 덕분에 난 무공을 되찾았고 수많은 수하들을 고수로 키워낼 수 있었으니까. 자네는 천하의 상권과 이제는 관권까지 손아귀에 넣었고 말이야. 언젠가 그를 위해 제를 올려주는 것도 나쁘지는 않을 게야."

"제뿐입니까? 그자의 후손을 찾아 사돈의 팔촌까지 자손대대로 편히 먹고살도록 만들어줄 생각입니다. 현음아."

"예, 사부님."

"기왕 말이 나왔으니 당장 그의 후손을 찾아보거라. 천하를 이 잡듯이 뒤져서라도 밝혀봐."

"알겠습니다."

중년문사가 공손히 명을 받았다.
'야왕? 야왕이라면……'
옥청풍의 눈이 번쩍 빛났다.
야왕이라는 이름은 공공문의 문주로서 결코 잊을 수 없는 이름이었다.
어느 나라, 어느 시대를 막론하고 밤일(?)에 있어서만큼은 공공문을 최고로 쳤다.
하지만 단 한 번, 최고의 자리를 양보한 인물이 있었으니 그가 바로 밤의 제왕 야왕이었다.
그가 활동하는 당시엔 모든 무림문파들은 저마다의 비전 절예를 반드시 복사해서 지니고 있었다.
정, 사, 마를 막론하고 야왕이 그들의 무공비서를 모조리 털어갔기 때문에 행여나 실전되는 것을 막기 위함이었다.
그를 잡기 위해 전 무림이 들고일어나 대대적으로 추격을 한 적도 있었다.
하나 야왕의 거침없는 행보는 결코 멈추지 않았으니 그가 무림에 모습을 드러내고 활동한 시기는 정확히 십 년. 강호의 모든 문파의 무공과 기진이보가 그의 손에 들어갔다고 해도 과언이 아닐 정도였다.
'한데 저들이 야왕의 보물을 얻었단 말인가? 그렇다면 지난날 복우산에서 음모를 꾸민 것은 암흑마교지만 그들 역시 저자들에 의해 조종을 받았다는 말이군.'

암흑마교가 대붕금시를 가장 먼저 풀었으되 아무것도 얻지 못했다는 것을 알고 있는 옥청풍은 비로소 대붕금시의 진정한 주인을 알게 되었다. 그리고 단기간에 천하의 상권을 휘어잡고 나아가 관부마저 손아귀에 넣은 혜선의 막대한 부의 출처 또한 정확히 알게 되었다. 그 모든 것이 야왕이 남긴 막대한 재물이 있기에 가능한 것이었다.

  그리고 또 하나, 옥청풍으로선 결코 간과할 수 없는 말들이 있었다.

  '세외를 정벌했단 말인가? 대체 무슨 수로?'

  변방에서 그들 나름대로 질서를 유지하고 있는 세외무림.

  비록 전체적인 힘에선 중원무림과 비교할 정도는 아니나 그들 중 몇몇 문파는 독보적인 힘을 갖추고 있었는데 백미노인이 언급한 북해빙궁이나 대막의 사자철궁(獅子鐵宮) 같은 곳이 그랬다.

  만약 백미노인의 말대로 세외가 그의 손에 정벌되었다면 이는 중원무림이 발칵 뒤집힐 일이었다.

  '게다가 저자, 어디서 본 적이 있는 것 같은데.'

  옥청풍이 백미노인에게 시선을 두었다.

  딱히 떠오르는 인물은 없었지만 분명 익숙한 노인이었다.

  특히 볼 밑까지 내려온 백미가 지닌 특징이 더욱 그랬다.

  바로 그때, 불현듯 떠오르는 인물이 있었다.

  '고월성자(孤月聖者) 호연백(呼延伯). 바로 그다!'

고월성자 호연백.

무림칠괴 중 한 명으로 뭇사람들에게 칭송을 받는 사람이었다.

그가 무림에 명성을 알리기 시작한 것은 사십 명도 넘는 부녀자를 간살하고 구파일방의 추격을 피해 도주하던 색마를 때려잡았을 때였지만 그가 진정으로 이름을 떨친 것은 사십 년 전, 대가뭄이 온 나라를 휩쓸 때였다.

가뭄이 가장 극심했던 곳으로 알려진 안휘성에 홀연히 모습을 드러낸 호연백은 막강한 재력을 동원하여 당시 무수히 많은 고아들을 품 안에 거둬들였다.

가뭄으로 인해 부모를 잃고 고아가 되어 떠도는 아이들을 백이면 백, 천이면 천 가리지 않고 모조리 거둬들이니 사람들은 천자도 감히 하지 못하는 위대한 업적에 감동하여 그에게 고월성자라는 이름을 붙여주었다.

그러나 어찌 된 일인지 고아가 아니면 어떤 상황에서도 결코 도와주는 법이 없는 괴팍함을 보여주었는데 덕분에 그는 고월성자라는 고귀한 별호와 함께 무림칠괴라는 다소 이상한 명성까지 얻게 되었다.

'그렇다면 그때 구해낸 아이들이……'

막혀 있던 것이 확 뚫리는 듯한 느낌이었다.

그렇게 죽림은 만들어졌을 것이다.

야왕이 남긴 막대한 무공비급과 천문학적인 재물을 바탕

으로 암흑마교를, 아니, 전 무림을 손아귀에 넣고 주무르는 죽림이 탄생했으리라. 그리고 그 힘이 단순히 무림을 넘어 황실의 안녕까지 위협하는 지경에 이른 것이다.

'알려야 한다. 이 엄청난 사실을 반드시 알려야 한다. 황실에, 그리고 그분께.'

옥청풍이 떠올린 사람은 다름 아닌 무명신군 소무백이었다.

옥청풍과 똑같은 생각을 하고 있는 사람이 또 한 명 있었다.

'이 무서운 사실을 교주님께 알려야 한다. 지금까지의 모든 행보가 어쩌면 죽림이 의도한 바일지도 모른다.'

연못 속에서 눈에 잘 보이지도 않을 정도로 미세한 갈대 줄기에 호흡을 맡기고 은신해 있는 마혼은 거듭되는 충격에 머리가 터질 지경이었다. 아울러 그가 지닌 정보를 세상에 알리는 것이 얼마나 중요한 것인지 뼈저리게 느끼고 있었다.

그 압박감 때문인지 자신도 모르게 몸을 떨었고 그 떨림이 수면 위로 전해졌다.

바로 그 순간이었다.

"이제 지친 것이냐? 제법 잘 참는 것 같더니만."

무심히 들려오는 호연백의 말에 마혼은 그대로 몸이 굳고 말았다.

'알… 고 있었다.'

마혼은 어찌해야 할지 쉽게 판단을 내리지 못했다.

설마하니 자신의 존재를 눈치 챌 수 있으리라고는 상상도 하지 못했기 때문이다.

그건 옥청풍 역시 마찬가지였다.

마혼의 존재를 알 리 없는 옥청풍은 호연백의 말이 자신을 겨냥한 것이라 여겼다.

옥청풍은 발끝에 힘을 모았다.

백가암은 그야말로 용담호혈.

한 번에 벗어나지 못하면 영영 기회가 없었다.

결정의 순간, 소나무의 탄력을 이용하여 등천무영신법으로 단숨에 백가암을 벗어날 계획을 세우며 막 행동을 개시하려는 순간, 연못에서 난데없이 한 사람이 튀어나왔다.

전신에서 힘이 절로 빠졌다.

심장이 입 밖으로 튀어나올 듯 놀란 옥청풍이 애써 침착함을 유지하며 전방을 주시했다.

"웬 놈이냐?"

혜선과 현음이라 불린 문사가 벌떡 일어나며 소리를 질렀다. 그에 반해 호연백은 태연자약했다.

모습을 드러낸 마혼은 촌각도 지체하지 않고 그대로 몸을 날렸다.

몸을 날리기 전, 손에서 뿌린 암기가 호연백 등을 노리며 날아들었다.

암기는 그들을 해할 수 없었다.

쇄도하던 암기들이 마치 벽에 부딪친 듯 힘없이 튕겨져 나갔기 때문이다.

애당초 결과 따위는 신경도 쓰지 않았던 마혼은 단 두 번의 도약으로 단숨에 백가암을 벗어나 미친 듯이 질주하기 시작했다.

"어르신."

마혼이 모습을 드러내고 백가암을 벗어난 것과 거의 동시에 날카로운 인상을 지닌 중년인이 백가암으로 달려왔다.

"호들갑 떨 것 없다. 가서 잡아오너라. 얼굴을 보고 싶구나."

"존명."

바닥에 머리를 찧은 중년인이 몸을 돌려 물러났을 땐 그의 눈에서 활화산 같은 기운이 폭사하고 있었다.

'네놈이 감히. 육시를 내주마.'

중년인은 자신이 책임을 지고 있는 백가암의 경계가 뚫렸다는 것에 엄청난 분노를 느끼고 있었다.

"꽤나 대담한 놈이군요. 설마하니 저곳에 은신하고 있을 줄이야."

혜선이 다소 놀란 표정을 지으며 마혼이 숨어 있던 연못을 힐끗거렸다.

"이곳의 경계가 만만치 않을 텐데 뚫고 들어온 것을 보면 놈의 실력 또한 대단할 게야. 궁금하군. 대체 누가 놈을 우리에게 보냈는지 말이야."

"한데 형님은 놈의 존재를 알고 계셨습니까?"

혜선의 물음에 호연백이 살짝 미소를 지었다.

"알고 계셨군요. 한데 어째서 그리 중요한 얘기들을……."

"상관없네. 이제는 알려져도 문제될 것이 없고… 그리고 놈이 이곳을 벗어날 수 있으리란 생각은 애당초 하지도 않았으니까."

"그도 그렇군요."

백가암을 지키고 있는 무인들, 특히 이를 부드득 갈며 백가암을 빠져나간 중년인이 얼마나 뛰어난 무공을 지녔는지 잘 알고 있던 혜선은 이해했다는 듯 고개를 끄덕였다.

"얼마나 걸릴까?"

"예?"

"적홍(赤鴻)이 놈을 잡아오는 데 걸리는 시간 말이야. 화가 날 대로 났으니 반 시진은 채 걸리지 않을 것이고 상대 또한 능력이 있으니 그렇게 쉽게 잡히지 않을… 음."

흥에 겨워 중얼거리던 호연백이 무엇을 본 것인지 안색을 굳혔다.

"왜 그러십니까?"

호연백은 대답 대신 누군가를 불렀다.

"우진(雨震)."

그러자 신기루처럼 모습을 드러내는 청년이 있었다.

"부르셨습니까?"

"침입자가 또 있다."

호연백이 백가암 좌측에 있는 소나무를 바라보자 우진의 시선도 그쪽으로 향했다가 소나무 밑에 떨어져 있는, 그리고 지금도 떨어지고 있는 몇 개의 솔잎을 발견하였다.

"확인했습니다."

"쫓아라."

"존명."

우진이 나타날 때와 마찬가지로 신비하게 사라지자 혜선이 참지 못하고 물었다.

"아까 그놈 말고 또 다른 침입자가 있었습니까?"

"그런 것 같네. 아마도 이곳이 소란한 틈을 이용하여 도주한 모양이야."

"하면 형님께서도 놈의 존재를 알지 못하셨단 말입니까?"

"그렇네. 나의 이목까지 피하다니 대단한 놈이야. 게다가 은신술에 못지않게 경공도 뛰어난 것 같군."

"잡을 수 있을 것 같습니까?"

호연백이 안색을 살짝 찌푸렸다가 대답했다.

"잘 모르겠군. 반반이야."

지금껏 호연백에게서 그토록 자신없는 음성을 들어본 적이 없는 혜선은 자신도 모르게 몇 번이나 소나무를 바라보왔다.

"헉! 헉!"

숨이 턱밑까지 차올랐다.

심장이 터질 듯이 요동쳤지만 마혼은 발걸음을 멈추지 못했다.

운대산에 펼쳐진 천라지망은 실로 소름이 끼칠 정도로 끔찍했다. 엄밀히 말하면 천라지망 그 자체보다는 그것을 이루고 있는 개개인의 무공이 끔찍했다는 것이 보다 정확했다.

반 시진 가까이 도주를 하는 동안 그가 만난 사람은 정확하게 세 명이었다.

그들 중 단 한 사람도 쓰러뜨리지 못했다.

자신이 필살의 의지를 담아 전개한 공격에도 그들은 별로 버거워하는 모습을 보이지 않았다. 되려 날카로운 반격에 전신에 크고 작은 부상만 당했을 뿐이다.

그나마 몸에 지닌 무수한 암기와 연막을 칠 수 있는 화탄을 이용하여 겨우 몸을 빼낼 수 있었지만 언제까지 그럴 수 있을지 장담할 수가 없었다.

"무슨 수를 써서라도 알려야 한다. 무슨 수를… 컥!"

외마디 비명을 내지른 마혼이 달려가던 힘을 이기지 못하고 한참이나 나아가다 나뭇등걸에 머리를 박고 고꾸라졌다.

"으으으으."

겨우 상체를 일으킨 마혼.

그는 자신도 모르게 고통의 시발점을 바라보았다.

없었다.

그 누구보다 빠른 몸놀림을 자랑케 해주었던 두 다리가 무릎 아래쪽부터 깨끗하게 사라진 것이었다.

"크아아악!"

마혼의 입에서 끔찍한 비명이 터져 나왔다.

단 한 번의 공격으로 마혼의 다리를 잘라 버린 적홍이 피가 용솟음치는 절단 부위를 그대로 밟아버린 것이다.

"일단 지혈은 해주마."

차갑게 웃은 적홍이 마혼의 상체를 들어 올리더니 잘린 다리를 땅에 대고 마구 문질렀다.

마혼의 얼굴이 무섭게 일그러졌다.

비명도 제대로 지를 수 없었다.

행여나 자살을 할까 저어한 마혼이 그의 입이 아예 움직이지 못하도록 점혈을 해버린 탓이었다.

"돌아간다."

마혼을 수하에게 짐짝 부리듯 던져 버린 적홍이 몸을 돌렸다.

조금 전까지만 해도 살기로 번들거리던 눈에 조금은 온화한 기운이 감도는 듯했다.

"쯧쯧, 심하게 다루었구나."

"죄, 죄송합니다."

적홍이 무릎을 꿇으며 고개를 조아렸다.

"되었다. 성질을 알면서 아무런 얘기도 하지 않은 내 잘못이 크지."

가볍게 혀를 찬 호연백이 거의 실신 상태에 이른 마혼을 바라보며 눈짓을 했다.

황급히 점혈을 푸는 적홍.

그는 명이 떨어지면 금방이라도 다시 점혈을 할 기세로 그의 곁에 서 있었다.

"너는 누구냐?"

"……"

"예의가 없구나. 난 네가 듣고 싶어하는 것을 다 말해주었는데 넌 어째서 내가 듣고 싶어하는 말을 해주지 않는 것이냐?"

"……"

마혼이 침묵을 지키자 호연백이 눈살을 살짝 찌푸렸다.

"당장 입을 열지 못해!"

적홍이 버럭 소리를 질렀다. 하지만 이미 모든 것을 체념한 마혼은 신경도 쓰지 않고 호연백을 노려볼 뿐이었다.

"뭐, 상관없겠지. 네가 누구든, 누가 보냈든 애당초 중요한 일이 아니니까."

호연백은 미련을 두지 않고 고개를 돌렸다.

적홍이 기다렸다는 듯 마혼의 뒷덜미를 낚아챘다.

"아까… 한 말이 사실이오?"

호연백의 시선이 다시 마혼에게 향하자 적홍이 슬그머니 손을 놓았다.

"무엇 말이냐?"

"세외를 정벌했다는……."

"물론이다."

"그리고 본 교 출신이라……."

"암흑마교에서 왔구나."

"……."

마혼이 다시 입을 다물었지만 호연백은 그것만으로도 만족했는지 입가에 미소를 지었다.

"그래, 맞다. 노부는 암흑마교 출신이다. 정확히 말하자면 하후천의 사형이지."

"당금 무림에서 벌어지는 모든 일이 죽림이 꾸민 일이오?"

"허허, 지금의 혼란은 오롯이 암흑마교가 초래한 것 아니냐? 수라검문을 공격하고 사도천을 멸한 것도 모두 무림 제패를 원하는 하후천이 벌인 일이다. 노부는 상관없는 일이야. 아, 아주 상관이 없다고는 말할 수 없겠군. 그저 조금 영향을 끼쳤다고 해두지."

조금이라고 했지만 마혼은 그 말을 곧이곧대로 믿을 수가 없었다. 그대로 믿기엔 죽림이 보여준 힘이 너무도 거대했다.

"지금까진 어땠는지 몰라도 앞으로는 다를 것이오. 암흑마교에선 이미 죽림의 존재를 알고 있소."

"그 얘기는 들었다. 하지만 단순히 아는 것과 너처럼 경험을 해보는 것은 다르지. 네가 죽으면 어찌 될까?"

호연백이 흥미롭다는 표정을 지으며 물었다.

"아무리 감추려 해도 죽림의 정체는 드러나게 되어 있소. 나의 행적이 빠짐없이 기록되어 보고가 된 터. 내 발자취를 따라 다른 사람이 올 것이오."

"재미있군. 그래서? 그래서 뭐가 바뀐다는 말이냐?"

"더 이상 지금처럼 본 교를 희롱할 수 없다는 말이오."

"아니. 앞으로도 계속될 것이다. 나의 수하들이 그곳에 뿌리를 내리고 있는 한 하후천이 아무리 발버둥 쳐도 어쩔 수 없어."

"……."

마혼이 분노로 몸을 부르르 떨자 혜선이 한심하다는 표정으로 바라보며 말했다.

"안됐구나. 네가 주인을 생각하는 마음은 어떤지 알겠지만 이미 끝난 일이야. 무림은 이미 형님의 손바닥 위에 놓여 있다는 것을 알아야지. 한 가지 더 말해줄까? 군사인 신산 말이다. 이 녀석과 닮은 구석이 없더냐?"

혜선이 현음을 가리키며 물었다.

현음의 얼굴을 천천히 살피는 마혼.

뭔가를 직시한 것인지 눈이 화등잔만 하게 커지며 입술이 덜덜 떨렸다.

"서, 설마……."

"설마가 아니다. 네가 상상하는 그대로야. 이제 알았느냐? 암흑마교가, 네 주인이 아무리 애를 써도 형님의 그림자를 벗어날 수 없다는 것을 말이다."

군사인 신산이 죽림의 수하라는 사실에 거의 넋이 나가 버린 마혼은 할 말을 잃어버렸다.

"치워라."

마혼의 상태를 보고 더 이상 대화를 하는 것이 무리라 판단한 호연백이 적홍에게 명을 내리고 마혼의 뒷덜미를 낚아챈 적홍이 그를 끌고 백가암 밖으로 사라졌다.

의식을 잃기 전, 마지막으로 호연백을 바라보는 마혼의 눈에 환영처럼 한 사람의 얼굴이 떠올랐다.

"아무래도 군사가 의심스러워. 정확하게는 모르겠지만 틀림없이 뭔가 있어."

'믿겠소이다.'

자신이 미끼가 되었다고 투덜대면서도 날카롭게 상황을 직시하던 담사월의 모습을 떠올리는 것을 끝으로 마혼은 서

른아홉 짧지 않은 생을 마쳤다.

*　　*　　*

정신없이 내달리는 옥청풍은 그야말로 미칠 지경이었다.
백가암을 탈출한 지 벌써 사흘. 그동안 잠 한숨, 물 한 모금 제대로 먹어본 적이 없었다.
한순간이라도 걸음을 늦추면 그대로 목숨을 위협받을 만큼 적의 추격은 집요했다.
지난바 모든 재주를 펼쳐 적의 추격으로부터 벗어나기 위해 발버둥을 쳐봤지만 그때 잠시뿐이었다. 추격자들은 결코 자신의 행적을 놓치지 않았다.
"이제 얼마 남지 않았다. 조금만, 조금만 더 가면 된다."
적의 추격을 피하지 못하는 상황에서 희망은 오직 하나, 무명신군이 있는 곳까지 가는 것이었다.
머리가 깨질 듯 아파왔다.
온몸을 피로 물들일 만큼 많은 부상을 당하고도 제대로 치료하지 못해 몸이 천근만근 무거웠다.
그렇게 얼마를 또 달렸을까?
저 멀리 거대한 바위 하나가 눈에 들어왔다.
바위를 본 옥청풍의 눈에 안도감이 스쳐 지나갔다.
바위가 있는 언덕을 넘어가면 무명신군의 거처가 나온다.

"드디어……."

힘든 여정의 끝이 보였다.

마지막 힘을 내기 위해 호흡을 가다듬는 옥청풍의 얼굴에 화색이 돌았다. 하지만 희망이 절망으로 바뀌는 것은 순식간이었다.

바위에 앉아 있는 사내, 그에겐 정말 악몽 같은 존재였다.

백가암에서부터 지금껏 그를 추격해 온 죽림의 사냥개.

그 어떤 방법도 무용지물로 만들어 버린 괴물 같은 자.

그에게 당한 어깨의 상처가 갑자기 쑤셔왔다.

"반 시진 전에는 도착할 줄 알았는데 너무 늦는군."

바위에 걸터앉아 옥청풍을 기다리던 우진이 나른한 표정으로 하품을 했다.

"그래도 내 손에서 이만큼 벗어날 수 있었다는 데 박수를 쳐주고 싶군. 하지만 여기까지야. 오랜만에 괜찮은 사냥감을 만나 즐거웠지만 이제 흥미를 잃었거든."

우진이 손가락을 튕기자 바위 주변에서 모습을 감추고 있던 추격자들이 모습을 드러냈다. 뒤쪽에서도 몇몇이 도착했다.

'하나, 둘, 셋… 도합 열둘.'

옥청풍은 자신을 포위하는 추격자들의 수를 헤아리며 절망에 빠졌다.

한두 명은 어찌 상대를 하며 빠져나갈 방법을 모색해 보겠지만 열둘이면 시도 자체가 불가능했다.
 '그렇다고 포기할 수는 없지. 내가 어떻게 여기까지 왔는데.'
 입을 악다문 옥청풍이 검을 치켜세웠다.
 "호오~ 포기하지 않을 모양이군. 뭐, 나야 상관없지만 그럴수록 고통만 커져."
 우진의 명이 떨어지기가 무섭게 사방에서 공격이 쏟아져 들어왔다.
 맞서봤자 가능성이 없다는 것을 알면서도 생존을 위해서 싸우지 않을 수 없었다.
 옥청풍은 그가 알고 있는 몇 안 되는 무공을 펼치기 시작했다.
 그를 중심으로 무수한 검기가 흩날렸다.
 간단하면서도 패도적인 검법.
 지금껏 도주만 해오던 옥청풍에게 그런 검법이 있는 줄 미처 생각 못한 추격자들이 잠시 멈칫거렸다.
 하나 잠시뿐이었다.
 추격자들이 반격에 나서자 옥청풍은 금방 수세에 몰리고 삽시간에 목숨이 위태로운 지경까지 이르렀다.
 "죽이지는 마라."
 우진의 말에 옥청풍의 목으로 향하던 칼이 방향을 바꿔 그의 어깨를 훑고 지나갔다.

"크윽!"

불에 덴 듯 화끈한 고통에 옥청풍의 입에서 짧은 비명이 터져 나왔다.

"지금이라도 항복하는 것이 어떠냐?"

우진의 비웃음은 오래가지 못했다.

옥청풍이 괴성을 지르며 자신의 어깨에 부상을 입힌 자를 향해 미친 듯이 달려들었기 때문이다.

사내는 당황하지 않고 재차 공격했다.

그의 칼이 이번엔 반대편 어깨를 노렸지만 옥청풍도 호락호락 당하지 않았다.

어차피 버린 목숨, 갈 때 가더라도 뭔가를 보여주겠다는 심산이었던 옥청풍이 왼쪽 팔을 들어 칼을 막았다.

칼날이 팔뚝에 깊이 박히자 다른 한 손으로 그 칼날을 잡고 그대로 밀어붙였다.

얼떨결에 뒤로 밀리는 사내가 중심을 바로 세우려고 했으나 한 번 흐트러진 중심을 바로잡기란 쉽지 않았다.

"흐흐흐."

야차같이 웃은 옥청풍이 더욱 거세게 그를 밀어붙이는가 싶더니 발뒤꿈치로 사내의 발등을 그대로 찍어버렸다.

"윽!"

당황한 사내가 고통과 함께 다급한 외침을 토해내자 동료들이 그를 구하기 위해 황급히 달려들었다.

하지만 옥청풍은 어느새 그의 발을 걸어 넘어뜨린 뒤 사내의 몸 위에 올라타고 있었다.

"죽어! 죽어!"

옥청풍이 미친 듯이 주먹을 휘두르기 시작했다.

뒤쪽에서 공격이 있었지만 그는 개의치 않았다.

퍽! 퍽! 퍽!

혼신의 힘을 다한 주먹이 사내의 얼굴에 그대로 꽂혔다.

살가죽이 쩍쩍 벌어지며 피가 튀었다.

단숨에 광대뼈가 무너져 내리고 코뼈 역시 주저앉은 사내는 이미 정신을 잃고 있었다.

그럼에도 옥청풍의 주먹질은 멈추지 않았다.

"멍청한 놈."

우진은 옥청풍의 밑에 깔려 처참한 꼴을 보인 수하를 보며 살기를 번득였다.

"뭣들 보고 있어! 당장 저놈의 목을 베버리지 않고!"

우진의 말에 추격자 중 한 사람이 화들짝 놀라 쳐다봤다.

"하지만……."

"책임은 내가 진다. 그리고 저 머저리 같은 놈도 같이 죽여버려. 개싸움도 아니고 저런 꼬락서니라니."

그 누구도 살기로 번들거리는 우진의 눈빛을 감히 거스르지 못했다.

우진에게 잠시 반문했던 사내가 칼을 들어 옥청풍의 정수리를 향해 내리쳤다.

광기에 휩싸였지만 본능은 살아 있는 것일까?

사내의 칼이 정수리에 닿기 전 옥청풍이 땅을 굴러 칼을 피했다.

목표를 잃은 그 칼은 옥청풍에게 깔려 있던 사내의 몸을 양단해 버렸다. 충분히 칼을 멈출 수 있었음에도 우진의 명을 충실히 따른 결과였다.

"흐흐흐흐."

칼을 피해낸 옥청풍이 우진을 향해 괴소를 토해냈다.

바로 그 순간, 우진의 바로 뒤에서 혀를 차는 소리가 들려왔다.

"쯧쯧, 못 먹을 것이라도 먹은 것이냐? 웃음소리가 어째 그 모양이더냐?"

우진은 피가 싸늘히 식는 느낌이었다.

아무리 옥청풍에 정신이 팔려 있었다 해도 바로 뒤까지 접근하는 기척을 놓칠 수가 있단 말인가!

튕기듯 몸을 틀며 검을 뽑아 드는 우진.

가히 섬전이 따로 없을 정도로 쾌속한 움직임이었다.

그러나 우진의 검이 미처 반도 뽑아지기 전, 다가온 손이 그의 목을 꽉 움켜쥐었다.

"흐흐, 흐흐흐."

우진을 보며, 아니, 그의 목을 잡고 천천히 걸어오는 노인을 보며 옥청풍이 미친 듯이 웃기 시작했다.

방금과 같은 괴소가 아니었다.

살았다는 희열감에, 벅찬 감동에 자신도 모르게 내지르는 웃음이었다.

"대체 그 꼴이 뭐냐니까?"

우진을 그대로 집어 던진 노인이 옥청풍의 몰골을 한심하다는 듯 바라보았다.

"제 꼴이 어때서요? 다 영광의 상처입니다."

죽음의 위기에서 벗어난 옥청풍은 어느새 여유를 되찾고 있었다.

그때 멀리 내동댕이쳐진 우진이 비틀거리면서 일어났다.

"감히 암습을 하다니. 뼈까지 갈아 마셔주마, 늙은이."

그리곤 뽑히다 만 칼을 거칠게 빼 들더니 수하들에게 손짓했다.

사내들이 노인과 옥청풍을 순식간에 에워쌌다.

옥청풍은 두려워하지 않았다.

두려워할 일이 없었다.

상황과 어울리지 않게 오히려 웃음만 나왔다.

"네놈들이 지금 누구에게 칼을 들이대는지 알아?"

옥청풍이 느물거리는 웃음을 지으며 노인을 소개했다.

"들어는 봤는지 모르겠다. 무명신군 어르신이라고."

순간, 우진의 얼굴이 새하얗게 변색됐다.

천하제일인 소무백.

무림에 적을 둔 자라면 결코 모를 수 없는 이름이었다.

옥청풍은 그대로 굳어버린 우진을 바라보며 짜릿한 통쾌감을 느꼈다.

며칠 동안 그에게 당한 고통이 일시에 해소되는 것 같은 쾌감.

"네놈들은 지금 염라대왕 앞에서 칼을 빼 든 거야. 크크크."

뭐가 그리 신이 나는지 옥청풍은 도무지 웃음을 멈추지 못했다.

『운룡쟁천』 7권에 계속…

閻王眞武
염왕진무

김석진 新무협 판타지 소설

"그, 그럼 어디서 오셨습니까?"
무심하게 고개를 돌리며 진무가 속삭이듯 말했다.

……지옥에서.

인간이라면 절대 익힐 수 없다는 강호삼대불가득!
그것에 얽힌 비사를 풀기 위해 그가 강호로 나섰다!
피처럼 붉은 무적의 강기, 혼돈혈애를 전신에 두르고
수라격체술과 염왕보로 천하를 질타하는 쾌남아, 진무!
염왕의 진실한 무학을 발현하여 무림삼패세와 고금십대천병을
이겨내고 속세의 악업을 심판하는 진정한 염왕이 되어라!

이제 강호는 진무의
일거수일투족에 열광한다!

유행이 아닌 자유추구 -
WWW.chungeoram.com
Book Publishing CHUNGEORAM

화공도담 畵工道談

촌부 新무협 판타지 소설

예(禮)와 법(法)을 익힘에 있어
느리디느린 둔재(鈍才).
법식(法式)에 얽매이기보다 마음을 다하며,
술(術)을 익히는 데는 느리지만
누구보다 빨리 도(道)에 이를 기재(奇才).

큰 지혜는 도리어 어리석게 보이는 법[大智若愚]!

화폭(畵幅)에 천지간(天地間)의 흐름을 담고
일획(一劃)에 그리움을 다하여라!

형식과 필법을 익히는 데는 둔하나
참다운 아름다움을 그릴 수 있게 된
화공(畵工) 진자명(陳自明)의 강호유람기!

유행이 아닌 자유추구 -
WWW.chungeoram.com
Book Publishing CHUNGEORAM

覇君
패군

설봉 新무협 판타지 소설

무협계를 경동시킨 작가, 설봉!
그가 다시금 전설을 만들어간다!!

수명판(受命板)에 놓고 간 목숨을 거둔 기록 이백사십칠 회!
생사를 넘나드는 전장에서 매번 살아 돌아오는 자, 계야부.
무총(武總)과 안선(眼線)의 세력 싸움에 끼어들다!

"죽일 생각이었으면 벌써 죽였다. 얌전히 가자."
"얌전히. 그 말…… 나를 아는 놈들은 그런 말 안 써."
무총은 그를 공격하지 않는다. 공격할 이유가 없다.
다른 사람들은 그의 존재조차도 알지 못한다.
오직 한 군데, 안선만이 그를 안다.
필요하면 부르고, 필요치 않으면 버리는
철면피 집단이 다시 자신을 찾아왔다.

나, 계야부! 이제 어느 누구에게도
휘둘리지 않겠다!!

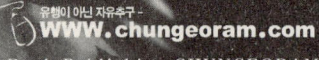

Book Publishing CHUNGEORAM

천마겁섭전

임준후 新무협 판타지 소설

철혈무정로 1부

인세에 지옥이 구현되고 마의 군주가 천신하면
그 누구도 그를 막지 못하리라!
이는 태초 이전에 맺어진 혼돈의 맹약, 육신에 머문 자나
육신을 벗은 자나 누구도 피할 수 없는 구속의 약속일지니……

주검과 피, 그리고 살기가 강물처럼 흐르는 전장에서
본연의 힘을 되찾게 되는 신마기!
신마기의 주인은 전장을 거칠 때마다 마기와 마성이 점점 더 강해져
종국에는 그 자체로 마(魔)가 된다…….

제어되지 않는 신마기…
이는 곧 혼돈의 저주, 겁화의 재앙이다!

유행이 아닌 자유추구 -
WWW.chungeoram.com
Book Publishing CHUNGEORAM

天山魔帝
천산마제

일류 新무협 판타지 소설

내일을 기약할 수 없는 땅, 천산.
소녀로부터 은자 한 닢의 빚을 진 소년 용악.
청년이 된 용악은 천산의 하늘이 된다.

하늘을 가르고 땅을 뒤엎는다!
한 호흡에 만 개의 벽(壁)!!!
지금껏 내게 이빨을 드러낸 것들은 모두 죽었다.

은자 한 닢의 빚을 갚으며 시작된
십천좌들과의 승부.
오너라! 천산의 제왕, 천산마제가 여기 있다!

유행이 아닌 자유추구 -
WWW.chungeoram.com
Book Publishing CHUNGEORAM

유행이 아닌 자유추구 -
WWW.chungeoram.com
Book Publishing CHUNGEORAM

長虹貫日
장홍관일

월인 新무협 판타지 소설

세상은 언제나 정의가 승리하고,
그래서 사필귀정(事必歸正)이라고?

개소리!

세상은 나쁜 놈들이 지배하지.
그러나 그놈들은 아주 교활해서 절대로 나쁜 놈처럼 안 보이지.
현재 무림을 지배하고 있는 백도의 어떤 인간들처럼……

암제혈로

설경구
新무협 판타지 소설

―떠나세요, 가능한 한 멀리.
―하나만 기억하세요. 일단 살아남아야 후일을 도모할 수 있습니다.
―떠나.

오랫동안 연락이 두절되었던 이들이 약속이라도 한 듯 찾아와
꺼낸 이야기들과 함께 시작되는 집요한 추적.
그리고 거대한 음모에 휘말려 억울한 누명을 쓴 채로
오직 살아남기 위해 필사적으로 도주하는 한 사내, 진가흔.

"왜 하필 나입니까?"
"자네가 가장 적당하기 때문이지."
"아시겠지만 그를 죽인 것은 제가 아닙니다."
"물론 알고 있네. 그런데 말일세… 그래도 그를 죽인 것이 자네라는
사실은 변하지 않네."

누구를 믿어야 할까.
적아도 명확하지 않은 상황에서 이유조차 모른 채 도주하던
한 사내의 역습이 시작된다.

유행이 아닌 자유추구 ―
WWW.chungeoram.com
Book Publishing CHUNGEORAM